Marcel ORENGO

Le sentier des Cantilènes

Poésie

Editions Amalthée

Pour tout contact:
Editions Amalthée — 2 rue Crucy — 44005 Nantes Cedex 1

Le sentier dont je parle est un balcon sublime
Et pour le parcourir il faut dompter l'abîme.

Si tu as su garder un peu de ton enfance,
Ecoute simplement ce que Sainte Victoire
Ne te dira qu'en mots de pierre et de silence.
Tu partiras alors pour d'autres territoires
Improbables et clairs comme des nuits d'été
Et sous l'aile du vent ouvriras l'écritoire
Renfermant de très vieux secrets d'éternité.

Demande-leur alors de guider ton voyage
Et accoste humblement sur ces nouveaux rivages,
Souris, et laisse-toi porter dans leur sillage…

Chaque porte entrouverte apporte son mystère :
A l'orée de ce monde étrange et merveilleux
N'entre que si ton cœur est pur et si tes yeux
T'ont gardé la fraîcheur d'une âme simple et claire.
Il te sera permis de contempler vraiment
L'univers éthéré où les dieux se prélassent
Et voguer hors du temps, et traverser l'espace
Nimbé d'or et d'argent au vent du firmament,
Et ce divin royaume où pousse l'ambroisie,
Ses terres infinies ont pour nom : Poésie !

PREMIÈRE PARTIE :

« POÈMES DE JEUNESSE »

DEMAIN, JE PARTIRAI...

Ce bruit lointain de houle où hurle la bouée
Qui secoue ma torpeur et m'invite à rêver
Cristallise un instant le plus beau de mes souhaits,
Apportant de la mer des senteurs ravivées
Par le souffle du vent qui chante l'aventure
Sous forme d'un embrun, d'un mât, d'une voilure…

Et je rêve d'un jour où, larguant les amarres,
Laissant derrière moi les matins ennuyeux,
Je partirai au loin, tenant ferme la barre,
Poursuivant l'horizon et, sous le ciel joyeux
Brillant de mille espoirs, les vagues purifiantes
Viendront éclabousser mes randonnées errantes.

Je serai libre enfin sous des soleils radieux,
Bercé par le roulis, réveillé par la brise,
Comme à l'aube des temps sous la voûte des cieux,
Cherchant obstinément quelque terre promise
Et je suivrai sans fin des routes improbables
A travers les secrets de songes ineffables.

* * *

…/…

Mais déjà le sommeil alourdit mes paupières
Et l'appel des bouées décroît dans le silence;
Dehors la nuit étend son manteau de chimères
Et sur le plafond blanc des ombres se balancent;
Maintenant, sur la plage humide et désertique,
Seuls s'obstinent encore des reflets sporadiques…

(Ecrit à La Couronne, près de Martigues, en mai 1969; ce poème est un des premiers que j'ai écrits: il exprime de façon symbolique les rêves de liberté et d'indépendance de l'adolescent que j'étais.)

L'ESPOIR EST MORT, VIVE L'ESPOIR!

Sur les rochers déserts mon enfance mourait
Et le ciel livide étendait un linceul blanc
Sur les heures fanées aux rires insolents
Où le vent et la mer doucement murmuraient
Que la vie prenait son élan,
Que le futur serait
Etincelant…

Mais qu'espérer demain? Si au moins j'avais su
Où ce futur radieux pouvait bien me conduire,
Emporter mon enfance en enfer m'aurait plu,
Et mon rêve éperdu, qui pourrait le détruire?
Mais les espérances déçues,
Mon enfance et ses rêves
Ont disparu.

Aux premiers jours d'hiver ils se sont envolés,
Mon cœur est disloqué comme un jouet cassé,
Et les serments d'amour sont au sable effacés
Car trop de vague à l'âme a trop souvent coulé.
Je suis lassé de mon passé,
Même de me saouler,
Ou d'y penser!

…/…

Mais le soleil demain va de nouveau briller
Et me montrer le cap vers d'autres horizons,
En mon cœur brillera un immense brasier
Dont doucement déjà grésillent les tisons,
L'espoir plus fort s'est réveillé,
Le ciel à l'unisson
Va scintiller !

(La Couronne, mai 1969 ; entre les doutes de l'adolescence et l'espoir dans l'avenir).

HIROSHIMA

Le soleil réchauffait cet ultime matin
Quand les cœurs insouciants battaient encore en chœur
Et ignoraient le ciel où guettait le destin.
Que ce ciel était bleu dans le collimateur!

Alors le Tout-Puissant a baissé le levier,
Sa main a entrouvert les portes de l'Enfer:
Dieu a ouvert le feu et l'immense brasier
A consumé soudain des siècles de prières.

Une fumée monta au-dessus des nuées,
Obscurcit le soleil de son ombre de Mort
Et les cœurs tout à coup demeurèrent muets,
Muets comme les murs de Sodome et Gomorrhe.

Aujourd'hui le soleil peut à nouveau briller,
Mais sa lumière tue, distribue la douleur,
Dieu nous a châtiés de L'avoir oublié...

Il y a un peu de sang dans le collimateur.

(Ecrit à Marseille en mai 1969)

COMÉDIE EN SAULE PLEUREUR

Que de nuages noirs obscurcissent le ciel
Qui naguère irradiait d'un bonheur démentiel,
Quand mon regard perdu au-delà de la mer
Contemple l'horizon d'une détresse amère…

L'aube s'était levée un peu comme un rideau
Et j'espérais alors que cet acte nouveau
Donne à la comédie un autre mouvement
Dont une heureuse issue serait le dénouement.

Et le soleil brilla comme jamais encore,
Ses rayons purifiants éclairaient le décor
Faisant croire aux acteurs qu'ils étaient les héros
Et que les mots d'amour remplaçaient les bravos.

Mais la belle illusion est morte sur la grève
Et avec le soleil a disparu le rêve ;
Les serments emportés avec le crépuscule
Au loin se sont éteints comme un feu minuscule.

* * *

…/…

Le ressac obstiné léchant la plage nue
Se mêle au chant plaintif des amours révolues
Sous les lueurs ténues des constellations
Quand, sur le sable gris, comme le flot du temps,
Celui de mes regrets creuse un sillon d'argent.

Le théâtre est désert et la nuit est bien noire,
Le phare s'est éteint, plus rien ne luit ce soir ;
Le rideau est tombé : je suis seul, voilà tout,
Car j'ai pris les chemins que suivent tous les fous :
Ceux qui mènent au bout des rêves illusoires…

(Marseille, juin 1969 ; chagrin d'amour...).

INTERSIDÉRALES

Alors que des instants le cours inexorable
Trace en mon souvenir ses éternels repaires,
Quelque passé obscur surgit de son cratère
Et balaie de son flot un présent périssable ;
Tandis que le Danube aux eaux majestueuses
Effleure mes pieds nus d'une douce tendresse,
Tandis que d'un clocher la flèche au loin se dresse
Brillant des mille feux de sa splendeur radieuse,
Un voile sur mes yeux descend comme un brouillard
Révélant de l'oubli les fantômes hagards…

Défilent devant moi les passions périmées,
Les leurres disparus aux espoirs persistants ;
Le décor est charmant, il ferait bon, pourtant,
Se laisser doucement dans l'instant s'abîmer,
Mais où aller dès lors que tout est effacé ?
Qui s'assiéra ce soir sur le vieux banc de pierre
Et qui rallumera le phare sur la mer
Afin que sa lueur guide mon cœur blessé
Aux accores anciens où naguère un été
Dans la paix du couchant un soir s'est arrêté ?…

…/…

Et toi, le compagnon de mes heures gâchées,
Vais-je encore rencontrer au détour d'une rue
Ta sombre silhouette et ton regard déçu
Qui au rythme des jours semble encor rechercher
Du parfum de jadis les vestiges précaires ?
Toi, cramponné toujours au radeau du bonheur
Qui dérive au hasard des espoirs imposteurs,
Viendras-tu débarquer ton âme solitaire
Sur la grève inconnue où te tendra la main
L'amour, qui doucement te conduira demain ?...

* * *

Ma pipe s'est éteinte et mon regard aussi ;
La nuit m'a enlacé de ses membres humides
Et tout autour de moi n'est que brume livide
Où la vie à présent semble s'être assoupie.
La galerie des morts se termine en impasse
Et je dois retourner au monde des vivants ;
Alors, levant les yeux vers le noir firmament,
Je regarde la lune et j'erre dans l'espace
En cherchant au hasard le visage de Dieu
Pour qu'il m'accorde un jour le bonheur radieux...

(Ratisbonne, Allemagne, juillet 1969 ; poème toujours très mélancolique avec une allusion à un ami qui traversait alors, lui aussi, une période difficile. Ecrit le lendemain des premiers pas d'Armstrong sur la lune).

INCONDITIONNELLEMENT NÔTRE

L'ombre des soirs d'été s'étale sur la plage
Sous les rayons figés du soleil de l'automne ;
Un voilier silencieux laisse dans son sillage
Le faisceau scintillant où la vague moutonne,
Traînant les bruits ténus du couchant qui frissonne
Dans le creux de la vague au rythme monotone.

Faut-il chercher encor sur ces tons exotiques
Des souvenirs pourprés les nuances ternies,
Ou bien faut-il s'asseoir sur ces blocs erratiques
Et croire en un présent à nouveau rajeuni,
Buvant de l'illusion l'exquise tyrannie
Comme on fume un opium pour tromper son ennui ?

Mais je sais qu'il faudra au hasard des semaines
Revivre quelques heures au rythme des secondes,
Quelques heures glanées dans l'oubli et la peine,
Quelques heures saisies à la hâte du monde,
Quelques heures volées d'un trésor de Golconde,
Pour tous les mots d'amour que l'on dit à la ronde…

.../...

Et je ferai saigner ces douces cicatrices,
Je vivrai aujourd'hui sur l'air d'un soir d'été,
Espérant retrouver les senteurs de jadis
Afin d'y retrouver cette suavité ;
Je ferai de toujours une solennité
Et je vivrai l'instant comme une éternité.

(Marseille, septembre 1969; les lumineux souvenirs d'été au moment mélancolique de la rentrée des classes !)

CONTRE LA MONTRE

Soir le vent rafraîchit la nature assoupie
Soir la mer vient lécher le sable sans répit
Soir le soleil descend sur l'horizon ardent
Soir je voudrais te vivre et n'en ai pas le temps

Soir un phare illumine un instant le chemin
Soir il n'est plus qu'un point qui s'enfuit vers demain
Soir un œil me regarde au fond de ce fourré
Soir je te sens glisser entre mes doigts serrés

Soir le temps s'effiloche et les âmes se taisent
Soir quelque part un chat se réchauffe à la braise
Soir la fumée d'un train monte dans le lointain
Soir un coup de mistral et l'instant s'est éteint

Soir un insecte meurt là-bas dans les bruyères
Soir un homme agonise aux confins de la terre
Soir la vie et la mort se disputent la nuit
Soir il n'est d'éternel que le temps qui s'enfuit

.../...

Soir mille souvenirs brillent dans les embruns
Soir et l'instant présent les dévore un à un
Soir je te vois soudain au soir te dérober
Soir tu n'es que prologue et la nuit va tomber

Soir une étoile point d'une lueur timide
Soir il traîne dans l'air une fraîcheur humide
Soir déjà le passé s'éloigne dans le noir
Soir, je veux retourner où tu étais le soir!

(La Couronne, octobre 1969; angoisse du temps qui passe, thème récurrent chez moi!).

RIEN DE NOUVEAU SOUS LE SOLEIL...

Où se sont égarés les sentiers de naguère ?
Vers les anciens refrains qui vivent sans répit
Au fil des souvenirs qu'à mesure on enterre
Quand le disque s'achève et que le chant faiblit ?...

Ou parmi ces fumées dissipées à jamais
Sur un ciel bien trop gris pour être un paradis,
Que crachent des trains noirs aux ventres affamés
D'un quelconque départ vers un autre jadis ?...

Ou bien vers les espoirs mornes et hésitants
Qui voudraient de demain vers hier revenir
En traînant aujourd'hui sur un air languissant,
Aujourd'hui qu'on voudrait voir aussitôt mourir ?...

Les ronces à jamais les ont dissimulés
A nos regards déçus, à l'orée de l'oubli,
Et s'étendent au loin les terres désolées
Sur l'infinie langueur des jours inaccomplis...

(Marseille, octobre 1969).

COMPLAINTE AU COIN DE LA VIE

Un enfant est assis sur le bord d'un rocher,
Ses regards sont tournés vers l'aurore naissante
Où s'éteint doucement la nuit évanescente
Quand meurt le dernier astre aux ombres arraché.

Il écoute en rêvant la chanson de la mer,
La douce mélopée au rythme languissant
Des silences passés dont les fluides accents
Racontent le récit de ce que fut hier.

L'enfant cligne des yeux devant l'astre radieux;
Il y a dans ces yeux tournés vers le futur
De ce nouveau matin quelque chose de pur
Qui aspire à la vie sans en demander mieux.

Et puis l'enfant se lève, et prenant son fardeau
Marche vers le village aux couleurs bigarrées
Qui sent le poisson sec et le vent des marées;
Il regarde le ciel: il fera jour bientôt…

* * *

…/…

Un soldat solitaire au bord de l'océan
Jette des cailloux plats dans l'onde ensoleillée ;
Il a presque oublié qu'il était un guerrier
Et cherche dans son cœur les traces de l'enfant.

Mais il sait qu'il faudra, demain dans la bataille,
Oublier de jadis les suaves saveurs
Et laisser à l'arrière un reste de bonheur
Pour survivre au présent hâché par la mitraille…

* * *

Un vieillard est assis sur la berge livide ;
Un gratte-ciel fait face au hameau qui s'écroule
Et des yeux du vieillard deux grosses larmes coulent
En creusant un peu plus son visage de rides…

(Marseille, novembre 1969 ; poème inspiré par la vie de mon grand-père maternel).

AUX AMIS DE PASSAGE

C'est à vous, mes amis d'hier et d'aujourd'hui
Dont s'effacent les traits à l'ombre des instants,
Vous qui passez trop vite au milieu de l'ennui
Laissant une lueur immortelle pourtant,
C'est à vous, ceux d'un jour, à votre souvenir,
Que je fais le présent de ces vers dérisoires
Qui vivront comme vous l'espace d'un soupir
En célébrant très haut, ce soir, votre mémoire…
Vous, que j'ai rencontrés au détour de ma route
Quand ma tête était vide et mon cœur malheureux,
Quand j'avais soif d'amour et d'amitié, sans doute,
Ou trop faim d'illusions pour croire à être heureux,
Vous, qui sur mon chemin m'avez accompagné
Le temps de devenir des fantômes furtifs
Et le temps d'oublier vous êtes éloignés
Pour ne devenir plus que repaires chétifs,
Vous, dont j'ai égaré le sourire précieux,
Vous, dont parfois aussi j'ai oublié le nom
Mais qui m'avez laissé un souvenir radieux,
Vous, qui peut-être enfin m'avez pris pour un con,
Restez au carrefour où je vous ai quittés
Et tâchez d'oublier le chemin que j'ai pris ;

…/….

Vous étiez ma lumière et vous m'avez guidé,
Mais un instant de trop, la nuit nous a surpris…
Vous êtes les jalons de quelques éclaircies
Qu'isolent à jamais des abîmes de brumes,
Et si je me retourne en cette ombre épaissie,
J'aperçois des signaux qui au lointain s'allument
Pour m'appeler encor vers ces espoirs anciens
Qu'ils avaient en mon cœur doucement attisés ;
Mais je poursuis ma route et rien ne me retient,
Aux flammes du présent hier s'est embrasé…
Amis d'il-fut-un-temps, vous êtes bien trop vieux,
Trop d'heures se sont tues depuis sur le cadran ;
Nos vies se sont croisées le temps de dire adieu,
Restez donc mes amis aux carrefours du temps !

(Ecrit à Marseille en janvier 1970, en hommage à tous les amis de rencontre).

ROCAILLES

Oubliés par le temps,
Quelques cailloux épars sur des rêves perdus ;
Sous le soleil ardent,
Quelques maigres buissons au souvenir rendus.

Ce sont ces lieux sacrés
Où nos matins d'enfant sont longs comme des jours,
Là où ces murs de craie
Se parent au couchant des plus pourpres atours.

Et ce profond silence
Dont il faut écouter la mélodieuse voix
Pour comprendre le sens
Du langage du roc, du soleil et du froid.

Et c'est aussi la mer
Qui efface mes pas sur le sable imprimés,
Présences éphémères
Des instants qui se sont trop vite consumés.

.../...

Et cette humble maison
Dresse encore ses murs gris au-dessus du vieux puits,
Au rythme des saisons
Elle monte la garde, et les rêves s'enfuient.

Aussi dans ma rancœur,
Quand au hasard des soirs j'erre sur ces rivages,
Il reste dans mon cœur
Quelques cailloux épars et encor davantage…

(Marseille, janvier 1970; poème évoquant une maison que mes parents possédaient près de La Couronne dont je garde de lumineux souvenirs d'enfance.)

MENTION COUPABLE

Depuis les ombres esquissées
Sous le hâlo blâfard des lampes
Des rêves à jamais brisés
Depuis le temps perdu qui campe
Et rôde au-dessus des estampes
Je vois dans l'oubli s'enliser
Des heures sans gloire qui rampent
Sur les murs ternis du lycée.

Mon âme qui s'est déguisée
En rayon de bibliothèque
Essaie encor de se glisser
Hors de ce carnaval grotesque
Peuplé de philosophes grecs
Mais les filets sont bien tissés
Comme un piège cauchemardesque
Sur les murs ternis du lycée.

.../...

Et je suis immobilisé
Entre les mailles du présent
Lentement je suis enlisé
Dans la fange triste du temps
Qui s'accumule à chaque instant
Je vois son niveau se hisser
Le long du crépi noircissant
Sur les murs ternis du lycée.

Et lorsque j'aurai remisé
Au souvenir ces longs couloirs
Et que j'aurai enfin brisé
Les chaînes et le désespoir
J'aurai laissé dans la victoire
Ces joies qui s'évanouissaient
Au fil des longues heures noires
Sur les murs ternis du lycée.

(Ecrit en février 1970 dans les couloirs du lycée Saint-Charles, à Marseille, un de ces jours de cafard que bien des lycéens ont connus !)

OMBRES CHINOISES

Le temps de fumer une pipe
Et le temps de vider cette tasse de thé,
Tombe la pluie et coulent les étés…
Dans la fumée qui se dissipe
Les brumes de l'hiver un moment s'évaporent
Et puis s'agrippent
Obstinément au temps qui les dévore…

Mais le temps que le jour expire
L'hiver s'attarde encore au bout de la jetée;
Tombe la pluie et coulent les étés,
L'hiver n'en finit de mourir…
J'ai terminé ma pipe et tout s'est effacé
Le temps d'écrire;
Et moi je ne vois pas le temps passer…

…/…

Et le temps de passer le temps
En tâchant d'oublier pour une éternité
Que la nuit tombe et coulent les étés,
La pluie sur la ville s'étend
Et les derniers clients du salon se retirent.
Mais seul j'attends
Dans le salon et les éclats de rire…

(Marseille, dans un bar de La Canebière, février 1970).

LES CHOSES

Lorsque les soirs d'hiver
Lassé du gris des jours amers
Mon âme solitaire
Veut oublier ces tons austères,
Ce n'est que dans ma chambre
Que juillet remplace décembre.
Et ce sont ces objets
Qui refont pour moi le trajet
Parmi les souvenirs
Des heures qu'ils font rajeunir,
Car sur chacun d'entre eux
C'est un de ces moments heureux
Qui se trouve attaché,
Et des bonheurs effilochés
Par les ronces et les épines
Les vagues contours s'illuminent :
Hier est exhumé
Par ces amis inanimés ;
Ces présences discrètes
Autour de leurs formes concrètes,
Mes peines qui déclinent,
Quand sont effleurées mes narines
Par le parfum des roses,
C'est la complicité des choses…

(Ecrit à Marseille en février 1970 dans ma chambre de ma maison de Bois-Lemaître).

LE VIEUX BUNKER

Fantôme de béton surgissant du passé,
Tu portes imprimées sur tes murs harassés
A l'ombre distordue de ta masse erratique
Les traces érodées de haines fantastiques ;

Ces haines déchirées sur le fer barbelé,
Mais aussi des serments sur tes parois scellés
Par quelques noms inscrits sur le ciment meurtri
Dans le sombre creuset des années sont pétris…

Tu les veilles sans fin, toi le gardien des morts
Qui parmi les gravats, comme un confitéor,
Egrènes ces instants à jamais révolus
A l'ombre des canons couchés sur les talus.

Je te vois surveiller l'horizon mystérieux
Et rêvant sans répit des songes glorieux
Malgré l'espoir perdu suintant de tes lézardes,
Dressé face à la mer monter encore la garde !

(Ce « vieux bunker » situé sur la route du phare de La Couronne, près du sémaphore, a abrité beaucoup de nos jeux d'enfants. Sa silhouette massive et l'atmosphère étrange qui s'en dégageait m'a inspiré ce poème en février 1970, un soir, à l'intérieur de ses murs mêmes.)

MÉLANCOLIE

En gouttelettes glauques
La pluie coule sur les carreaux,
Eclate en mille cloques
Parmi les flaques d'eau.
Et les larmes du ciel
En un flot torrentiel
Eclaboussent la mer
De ma mélancolie
Qui sur ces tons salis
Traîne son goût amer.

Et les feuilles s'envolent
Sous le souffle plaintif du vent
Qui gémit, se désole,
Dans le soir décevant ;
De lugubres rivières
Emportent des misères,
Charrient le gris cloaque
De ma mélancolie
Sous le soleil pâli
Dans les reflets des flaques.

.../...

Et toutes les couleurs
Fondent et coulent sur les choses,
On dirait qu'elles pleurent
Et tout devient morose…
Un liquide visqueux,
Dégoûtant et laqueux
Couvre le paysage :
C'est la mélancolie
Qui tout ensevelit
Au fond du marécage…

(Marseille, février 1970).

SI J'AVAIS SU...

Je n'aurais jamais eu cet air d'être si vieux,
Cet air de revenir d'où jamais l'on ne part,
Ni ce regard d'adieu qui traîne dans mes yeux
Et que j'ai ramené de quelque nulle part
Où l'on laisse à jadis les regrets délicieux,
Si j'avais su prévoir…

Ce fragile passé à l'aube consumé
Qui resurgit aussi pour mieux nous éblouir,
Aujourd'hui expirant, demain réanimé,
Vainement mon présent s'applique à le trahir
Mais il défie le temps et s'accroche à jamais
Pour toujours rejaillir…

Je l'aurais oublié, peut être pour toujours,
Et jamais le soleil ne se serait levé
Pour que mes illusions se déchirent au jour;
J'aurais sans doute alors réussi à sauver
Mes songes vespéraux sans trop perdre d'amour,
Si j'avais su rêver…

…/…

Cependant j'ai dormi les fenêtres ouvertes
Et un peu de fraîcheur ainsi que de lumière
Ont caressé trop tôt ma tête découverte,
Et j'ai vu vaciller, relevant les paupières,
Quelques images floues sur la nuit entr'ouverte
Couchées dans la poussière…

Et je saurais peut-être encor ces mots magiques
Si j'avais écouté la mer et les zéphyres
Fredonner dans les pins des chansons nostalgiques
Au rythme du ressac des heures qui soupirent,
Et je dirais l'espoir en ces feux pélagiques
Si j'avais su le dire…

Mais il n'est plus au sein de l'onde de reflet
Des anciennes amours qui s'y étaient noyées ;
Les galets sans répit au rivage roulés
Ont perdu les couleurs qui le soir chatoyaient,
Et seul dans la grisaille aux mirages volés
Voudrais les réveiller…

.../...

J'aurais l'esprit serein et le cœur en liesse
Et mon âme comblée n'aurait besoin d'écrire
Si elle avait gardé un peu de cette ivresse
Que lui avait donné ce puissant élixir ;
Je n'aurais jamais bu la coupe de tristesse
Si j'avais su sourire…

Aujourd'hui je n'ai plus le cœur à espérer,
Et s'enchaînent les jours qui passent et s'étirent,
Et pourrissent au fond de mes joies enterrées
Mes souvenirs perdus dans un vent de délire ;
Pourtant il est trop tard pour songer à pleurer,
Mes larmes vont tarir…

Qu'il serait bon, ce soir, de n'être qu'un enfant,
Que j'aimerais aussi n'avoir jamais rien vu,
Que je serais heureux de me moquer du temps,
Que je serais heureux d'avoir mon temps perdu,
Qu'il me plairait enfin de savourer l'instant,
Si je n'avais rien su !…

(Encore un poème assez désabusé sur la fugacité du temps écrit dans la féconde période de février 1970, à Marseille).

À L'ORÉE DU SOMMEIL

Mes yeux accoutumés à cette obscurité
Distinguent dans le peu qui reste de clarté
Les formes esquissées d'une plume hésitante
Qui entourent mon lit d'une ambiance inquiétante.
Hypnotisé par des yeux insolites
Je vois cent mille étoiles qui gravitent
Dans les replis de la chaleur feutrée
Et dans ses rêts je suis enchevêtré…
Puis je glisse au fond du néant
Comme dans un gouffre béant
Dont les parois capitonnées
Auréolent la maisonnée
D'un halo de silence…
Et dans ma somnolence
Des chimères s'ébauchent,
Et la vie s'effiloche;
Dans le lointain
Tout s'éteint
Sans bruit…
Nuit.

(Marseille, février 1970)

ABÎMES

Aimer tout comme
Les gens sont faits,
Comme on les hait,
Si peu, en somme…

Et le soleil qui effleure ma peine
De ses doux rayons généreux,
Anime les objets de mouvements heureux
Et exile mon cœur en un lointain Eden.

Aimer les choses,
Oublier l'heure,
Parmi les fleurs
Jadis écloses…

Dans la rosée qui baigne le gazon
Ainsi qu'un nectar de jouvence,
Deux petits chats craintifs, par quelque méfiance,
Comme de blancs flocons fondent dans les buissons.

Aimer la vie
Et plus encore,
Vaincre la mort
Inassouvie…

…/…

Et redescendre au tréfonds des abîmes
Pour y retrouver la saveur
Des défaites subies par trop de défaveurs
Que je veux surmonter par la magie des rimes.

Errer sans fin
Dans l'ombre hostile
Des rues tranquilles,
Souffrir en vain…

Vivent les morts, puisque meurent les heures
Et que les jours vont expirant,
Mais ils restent au seuil du séjour des mourants,
Ils sont une agonie, et tout seul je demeure…

Sur un regard
Vers le passé
Tout a cessé ;
Il est trop tard.

(Marseille, mars 1970)

FERROVIAIRES

(En train, il est dangereux de se pencher à la fenêtre)

Au loin les rails s'entrecroisaient,
Il faisait froid, je me taisais,
Un peu de lune s'écoulait
Sur la campagne désolée…

J'ai mis la tête à la fenêtre,
Qui sait, j'emporterai peut-être
Un peu de cet air de vacances
Au gré de mes tristes errances…

Mais les lumières de la ville
Comme des chandelles fragiles
S'éteignaient dans l'ombre fugace
Des rêves que le temps efface…

Et boire cette nuit immense
Que par une autre malveillance
Ce nouveau retour congédiait,
Et surtout ne pas oublier…

Mais l'air m'a giflé le visage,
J'ai mis le nez dans un mirage,
Alors j'ai tiré le rideau :
Do not lean out of the window!…

(Poème écrit en avril 1970 dans le train de Paris à Marseille en revenant de Stuttgart. Nostalgie au moment d'un retour de vacances en Allemagne...)

BROUILLARDS

Traîner comme un boulet son ombre à chaque pas,
Une ombre qui épie, étrangère à soi-même,
Grise compagne, avant-goût d'un trépas
Dont les contours au fil du goudron blême
S'accrochent à la vie pour en cerner le vide
Et regarder aussi vers quelque espoir perfide…

En rire quelquefois, en souffrir bien souvent,
Mais en mourir toujours,
On se laisse assoupir en ses replis mouvants
D'un sommeil sans retour,
Et puis, désabusé, on reprend son chemin,
On remet à demain…

Et demain surgissant de son antre de brumes
Ecoule ses instants identiques à lors
Et de nouveau le présent s'accoutume
Aux horizons esseulés du décor.
Et puis un beau matin, sur les jours vermoulus
On referme la porte et l'on n'espère plus…

…/…

Alors, de l'avenir détournant le regard,
On se souvient;
De la pendule au lit et du lit au placard,
On s'en revient
Quelques années plus tôt au son du carillon,
Comme un espion…

On s'en revient guetter l'hier qu'on a perdu
Et, comme un étranger aux murs accoutumés,
On se défait de ces lieux défendus
Se détournant du passé exhumé;
Et l'on pleure en silence aux rives solitaires
Où la vague charrie désespoirs et mystères…

Sur le sable imprégné du sel de l'amertume
On retrace ses pas,
Morne ponctuation qu'une larme résume,
Et l'on n'y revient pas,
Car s'effacent les mots dont le cœur s'est épris
Sur le sable meurtri…

…/…

Traîner comme un boulet chaque pas de sa vie,
Une vie qu'on épie à travers sa misère,
Gris paravent à la triste survie
Dont les détours au gré de nos chimères
Conduisent à la mort nos funestes errances.
Mais toujours regarder vers cette délivrance…

(Marseille, mai 1970 ; un sacré coup de blues !)

ABORDAGE

Le clapotis discret des vagues qui se fendent
Sous l'étrave écrasant leurs écumeux rouleaux
Et le gémissement des haubans qui se tendent
Bercent de leur concert le cœur des matelots…

Là-bas, sur les glacis de l'horizon vermeil,
Point l'astre radieux dans un halo de givre
Et sur le flot changeant de la mer qui s'éveille
S'étend jusqu'au soleil un firmament de cuivre.

Les mouettes tournoyant au-dessus du navire
Attendent en criant de fondre à la curée,
Comme des charognards que le carnage attire,
Elles sentent la mort sur la plaine azurée.

Puis le calme déploie un malaise oppressant,
Celui qui d'ordinaire annonce l'ouragan ;
Sous leur casque irradié d'une nimbe de sang
Les Vikings se sont tus d'un silence arrogant.

Car il flotte dans l'air une vague inquiétude
Qui suinte sur les mâts, les voiles et les drisses,
Elle coule et s'étend, visqueuse lippitude,
Et sur le corps suant des marins elle glisse.

…/…

Mais, ayant secoué leur torpeur angoissée,
Le regard des guerriers s'allume de nouveau,
Le courage se lit dans leurs yeux harrassés
Par le sel des embruns qui burine leur peau ;

Alors dans le brillant cliquetis de leurs armes,
Métallique frisson aux présages sanglants,
Devant eux, le vieux chef, dominant le vacarme,
Arrangue ses marins de mots étincelants.

Mais déjà, balancée au gré de l'océan,
Surgit et disparaît tour à tour aux regards
La voilure ennemie s'enflant et fluctuant
Derrière le dragon ruisselant du drakkar ;

Elle se fraie dans l'onde une humide trouée
Avec son éperon scintillant sous l'écume
Qui jaillit comme un glaive et plonge à la ruée,
Et grossit, menaçant dans les plis de la brume…

Le chef a terminé son discours embrasé
Et d'un coup d'œil rapide il a jugé ses hommes :
Un singulier émoi étreint leur cœur blasé,
Mais ils se battront bien, mieux que pour un royaume ;

…/…

Ils mourront pour leur chef, pour ce drakkar branlant,
Qui porta sur les mers leurs rêves de pillage,
Ou bien comme autrefois, d'un orgueil insolent,
Ils vaincront à nouveau; jusqu'au prochain voyage…

Les plus hardis sourient en regardant le large;
Les Normands, impatients, retiennent leur haleine
Et observent le chef prêt à donner la charge,
Et son glaive se dresse ainsi qu'un cri de haine!

Alors c'est la dernière et furtive vision
Des visages blafards des marins ennemis
Qui deviendront bientôt vainqueurs ou dérision
A travers les embruns de l'aurore blêmie.

En cet ultime instant, dans les feux de l'Orient,
Sélève le soleil, réalité tranquille,
Qui colore le ciel de pourpres chatoyants
Sur la voile carrée de la trière hostile…

Et soudain c'est le choc, et les bateaux tressaillent
Dans l'affreux craquement des coques qui fracassent,
Les éperons de fer leur fouillent les entrailles
Et au-dessus des flots les grappins s'entrelacent;

…/…

Alors le chef, dressé, s'écrie « à l'abordage ! »
Et le glaive levé, se ruant à l'assaut,
Entraîne à ses côtés son fidèle équipage
Sur le pont s'inondant d'écarlates ruisseaux ;

Et dans une mêlée inhumaine et sauvage
Les farouches Vikings s'illuminent de gloire ;
A peine commencé le terrible carnage,
Pour ces rudes guerriers, c'est déjà la victoire...

(Marseille, mai 1970).

À EN CREVER DE RIRE!...

Voyez-les se vautrer dans leur fange puante,
Ces porcs!
Voyez s'agglutiner cette masse mouvante
D'honnêtetés sans envergure,
Cette tourbe avachie dans sa morne habitude,
Ces morts
Qui feignent d'exister, cachant leurs turpitudes
Pour se donner bonne figure!

Voyez-le, ce troupeau: mais où sont donc les hommes
Qui pensent?
Je ne vois pour ma part que des larves, en somme,
Qu'il convient mieux de mépriser...
Voyez le beau tableau de ces générations
De panses
Assoupies et repues sur leurs masturbations
De petits bourgeois épuisés!

.../...

Ces cochons sont sereins : leur casier judiciaire
Est vierge,
Mais ils sont saturés de pensées ordurières
Qu'ils n'osent même s'avouer ;
Et pour leur garantir une bonne conscience,
Des cierges
Répandent de l'encens sur leur déliquescence
Et sur leurs règles bafouées…

Ils suivent les chemins de leur si positive
Raison
Qui les mène en douceur à l'issue décisive ;
Et l'heure venue ils expirent,
Et ils vivent leur mort sans changer leurs façons,
Les cons,
Jusque dans leur cercueil, selon les convenances…
Ils me feront crever de rire !

(Bien que j'aie mis beaucoup d'eau dans mon vin et que j'aie surtout appris la tolérance depuis mai 1970, date à laquelle j'ai écrit ce poème de révolte face à la masse bien-pensante et veule des bourgeois, j'ai conservé ce poème comme témoin d'une époque... Et aussi parce qu'il ne manque pas de puissance ! Revu et corrigé à Peyrolles-en-Provence, le 29 janvier 2005).

AB ABSURDO

Un instant qui se noie dans un verre de bière,
Un souvenir qui naît au fond d'un café noir…

Et mon regard perdu au-delà des verrières,
Mon regard indécis qui ne regarde rien
Se laisse ligoter par ces étranges liens,
Laisse couler le temps sur ses décors anciens
Et ne voit pas vieillir les nuances du soir.

Un instant qui se noie dans un verre de bière,
Un souvenir qui naît au fond d'un café noir…

Et l'ambiance effleurée des échos ferroviaires,
L'ambiance éclaboussée de chimères hâtives
Où viennent vaciller d'une clarté chétive
Les couleurs délavées des amours fugitives
Reflète du passé la singulière moire.

Un instant qui se noie dans un verre de bière,
Un souvenir qui naît au fond d'un café noir…

Et nos rêves dressant leur solitude altière,
Citadelles d'orgueil en notre déraison,
Déploient, mouvants défis sous un faible frisson,
Les festons de leur ombre et de leurs trahisons
Aux confins oubliés des terres de mémoire.

…/…

Un instant qui se noie dans un verre de bière,
Un souvenir qui naît au fond d'un café noir…

Et moi, sous le rideau baissé de mes paupières
Je rêve de contrées aux merveilleux mystères
Qui s'étendraient vraiment quelque part sur la terre
Ou ailleurs, par delà le ténébreux éther,
Je rêve d'un pays de prodigieux espoirs.

Un instant qui se noie dans un verre de bière,
Un souvenir qui naît au fond d'un café noir…

Et je pose un regard furtif sur le cadran
Pour finir par jeter, en désespoir de cause,
Quelques menus deniers sur mes rêveries closes
Avant de repartir vers l'horizon morose
Qui cerne le cloaque où croupit l'avenir…

Une bière noyée dans le flot des instants,
Un café qui surgit du fond du souvenir…

(Juin 1970, à la terrasse d'un bar du Vieux-Port à Marseille).

CE QU'UN AMI AURAIT PU ÉCRIRE...

J'ai vu le jour errer du côté de la Seine
Et Saint-Germain-des-Prés nous ressemble un peu plus ;
Assieds-toi près de moi, demain tu seras reine
Et, je t'en fais serment, nous n'en parlerons plus…
Hormis la couleur de tes yeux
Je ne me souviens plus de ce que j'ai aimé,
Et les mots que j'ai dits ne les saurai jamais,
Sinon que j'ai parlé d'adieux…

Le jour s'est attardé sur les quais de la Seine
Et il m'importe peu qu'elle coule à l'envers,
Qu'on ait changé de place Auteuil ou bien Vincennes
Puisque le souvenir est tout mon univers ;
Peu me chaut que Paris sommeille
Et que ses avenues s'illuminent de nuit,
En mon cœur le soleil s'est éteint aujourd'hui,
C'est le passé qui se réveille…

.../...

Le jour s'est égaré quelque part sur la Seine,
Et le fleuve charrie des rancœurs incertaines…
Amie, prends donc mon bras et console ma peine,
Amie, fais que ma nuit soit ta claire-fontaine!…
Bois les ténèbres de mon ciel,
Baigne-toi au ruisseau de mes amours blêmies,
Tu seras invincible en mon cœur, douce amie,
Goûte l'âpreté de mon miel!

Le jour est mort, je crois, vers Clichy-la-Garenne…

(Je dédie ce poème à mon vieil ami Jean-Jacques Vinot; je l'avais écrit en septembre 1970 à Paris, à la fin d'un séjour que nous y avions fait ensemble. Il n'est pas très gai, mais je l'ai écrit en me mettant en quelque sorte « à la place » de mon ami qui traversait alors une période difficile).

DANS UN RÊVE

J'avance dans un rêve humide et scintillant
Au milieu d'un halo de néons vaporeux,
Et au bout de l'allée, tel un spectre fuyant,
Le Monument aux Morts veille l'âme des preux.

Tout ce qui gît s'éveille en ce matin blâfard
Quand la brume qui plane au-dessus des objets
Noie mon corps et mon âme en un même brouillard
Dans le morne univers des espoirs passagers…

Le voile qui descend sur la gare figée
Comme un pâle fantôme aux formes abrégées
S'étend sur mon esprit en volutes ambrées.

Et les couleurs du jour se mêlent à la brume,
Ne laissant que du trouble où mon passé s'inhume
Quelques lambeaux de nuit accrochés aux cyprès…

(La Couronne, octobre 1970, alors que je venais d'arriver par le train un matin de brouillard).

RAYON DE SOLEIL

Sur le mur étalé, un kaléidoscope
Déroule à mes regards ses infinies nuances,
Il caresse mon front par quelque inadvertance,
Essaie en vain de fuir la nuit qui l'enveloppe.

Ainsi qu'un dernier souffle à jamais exhalé
Ce dernier cri du jour vient mourir à mes pieds,
Et dans le corridor tout de pourpre habillé,
Il flotte comme un air de splendeur désolée ;

Devant l'humble grandeur d'un instant quotidien,
Dans l'étrange émotion qui tout à coup m'étreint,
Je ne vois qu'une simple et sublime merveille ;

J'observe ce moment que les ombres dévorent
Et regarde mourir, dans un ultime essor,
Sur le mur étalé, un rayon de soleil…

(Marseille, octobre 1970).

LE PETIT HOMME AUX CHEVEUX D'ARGENT

L'homme aux cheveux d'argent dans la vieille maison,
Pour chauffer son hiver va dans ses souvenirs
Chercher l'écho lointain de ses mortes saisons,
Et la pendule en vain voudrait les retenir…

Il soigne son passé en l'écoutant gémir
Au rythme du mistral qui souffle des collines
Ou du bruit du ressac qui l'aide à s'endormir
Quand traînent sur la nuit d'âpres senteurs salines.

Je n'oublierai jamais ses yeux bleus et déçus
Au regard délavé d'avoir par trop vécu
Au milieu d'un espoir, au hasard d'un regret.

Quelque chose mourra, un jour, sur ces rivages,
Lorsque retournera vers la source des âges
L'homme aux cheveux d'argent dans le temps égaré…

(Ce poème sur mon oncle et parrain Florestan Logerot a été écrit le 2 décembre 1970 à Marseille, de son vivant donc, puisqu'il est décédé en janvier 1973. Mon oncle n'a pas eu une vie très gaie et il a notamment gardé des traces de sa captivité en Bavière: le froid et la malnutrition durant ces cinq années lui ont coûté une maladie respiratoire chronique qui a fini par l'emporter. Il m'aimait beaucoup et je sais qu'il regrettait de ne pas avoir eu les moyens financiers de me traiter, en tant que parrain, aussi généreusement qu'il l'eût souhaité. Qu'il sache, d'où il est, que son immense affection aura été le plus somptueux des héritages).

JE SUIS...

Je suis le vent du soir soufflant sur les rochers
Qui surplombent mes joies à naguère accrochées

Je suis cette rancœur adossée à l'hiver
Où dans l'ombre d'hier baigne mon univers

Je suis ce crépuscule où meurent les étés
Quand un instant périt de son éternité

Je suis ce firmament qui brille sur les flots
Au moment où le soir flamboie comme un brûlot

Je suis cette seconde envolée en fumée
Et la cendre du temps au présent consumé

Je suis ce délicieux et capiteux arôme
Errant parmi les pins comme un discret fantôme

Je suis ce revenant d'avoir aimé trop fort
Dont la peine à jamais dresse ses contreforts

Je suis ce visiteur de son propre passé
Qui s'en revient aux jours qui l'en avaient chassé

.../...

Je suis ce pèlerin de ce monde interdit
Que la brume d'hier à mes regards perdit

Je suis ce naufragé cramponné à l'espoir
De voir naître le jour à la tombée du soir

Je suis ce souvenir habillé de vermeil
Dormant en sa survie d'un étrange sommeil

Je suis celui qui suit au point de non-retour
Celle qui est partie avant la fin du jour

Je suis ce goéland que nous vîmes s'enfuir
Alors qu'à l'horizon une étoile vint luire

Je suis ce goéland qui n'est pas revenu
Vers la plage où jadis nous nous sommes connus

Je suis cette chanson aux accents vacanciers
Emprisonnant mon cœur comme un pénitencier

Je suis ce grain de sable emporté par le vent
Perdu dans le désert de ce monde mouvant

.../...

Je suis ce vagabond qui n'a pour seuls bagages
Que quelques mots d'adieux en guise d'héritage

Je suis ce promeneur qui pour mieux rajeunir
Réinvente naguère au gré du souvenir

Je suis cette illusion brisée de certitude
Ce rêve inachevé baigné de solitude

Je suis ce cimetière envahi par les ronces
Mes espoirs inhumés sont restés sans réponse…

(Marseille, décembre 1970).

UNIDIMENSIONNELLES

Du goudron des boulevards
Aux lézardes des façades,
Du petit matin blâfard
Aux nocturnes sérénades,
Partout se traîne au hasard
Un rêve suranné
Comme un parfum fané,
Le goût d'un soir d'été
Long comme des années,
Comme une éternité
Comme une éternité
Comme une éternité

J'irai pleurer sur les ruines
De mes premières amours,
Et titubant sous la bruine
Reprendrai le fil des jours ;
Dans cette morne routine
A jamais condamnés,
Les souvenirs glanés
Au gré d'un soir d'été
Dureront des années,
Toute une éternité
Toute une éternité
Toute une éternité

.../...

J'aimerais afin de vivre
Pouvoir aimer à nouveau,
Qu'un autre amour me délivre,
Que fondent au caniveau
Tous les regrets comme givre,
Et que dansent les belles,
Nobles ou pastourelles,
L'éclat des soirs d'été
Fait briller leurs prunelles
Au feu d'éternité
Au feu d'éternité
Au feu d'éternité

Mais à l'hiver de ma vie
J'aurai pour me réchauffer
Tous ces souvenirs ravis
Au temps, comme des trophées ;
Ces instants inassouvis
J'en ferai des tisons
Nés des primes saisons
Où brûle un soir d'été
Grand comme la prison
De mon éternité
De mon éternité
De mon éternité…

(Ecrit à Marseille en janvier 1971. L'année 1971 a été une période de transition où je me « cherchais » beaucoup; j'entrais dans l'âge adulte avec une certaine nostalgie, celle d'une époque que je sentais à jamais révolue...).

DOUCE SOLITUDE

J'ai suspendu ma nuit à des milliards d'étoiles
Aux jardins défendus de mon adolescence,
Et puis, sur un matin j'ai relevé le voile
Et j'y ai entrevu de la magnificence…

Cette aurore baignée aux heures de jouvence,
Je tâcherai d'en faire une éternelle enfance
Et j'irai parcourir des terres d'innocence
En me laisser porter au vent des souvenances.

Tous ce que les regrets endormis au soleil
M'ont laissé d'amertume en guise d'au revoir,
L'immense solitude accueillant mon éveil,
Sont coquilles brisées aux plages de l'espoir.

Ayant pris désormais la route sans remords
Vers d'autres lendemains où je suis exilé,
Je crois n'avoir gardé comme seul passeport
Que l'accent des pêcheurs ramenant les filets…

(La Couronne, janvier 1971).

CE QUE DISAIT FRANCOIS...

J'ai serré dans ma main la main de mon copain
Avant que son regard ne s'éteigne à jamais
Et j'ai pris la photo de celle qu'il aimait
Avant que l'on nous mette un fusil dans les mains...

Ce jour-là les garçons ont laissé derrière eux
Les amours et les joies qui faisaient leur jeunesse
Pour semer au hasard la mort et la détresse
Chez les autres garçons qui lors étaient heureux.

L'angoisse torturait les tripes des plus braves
Quand la mort balayait le bourbier des tranchées
Où des flaques de sang dans la boue s'épanchaient
Et l'enfance mourait sur leur visage grave...

Et lorsque nous avons chargé, à l'arme blanche,
La barrière de feu que dressait l'ennemi,
Je sentais avec moi le souffle de l'ami,
Ce soutien sans lequel même les plus durs flanchent...

Mais soudain sous le ciel embrasé de fureur,
Je l'ai vu se figer en un dernier élan
Et tomber à genoux en se tenant le flanc,
Le regard étonné de ne pas avoir peur.

.../...

Il a cherché à voir celui qui a tiré,
Ses yeux déjà éteints se sont tournés vers lui,
Ont cherché son regard avant la grande nuit,
Et en tenant sa main je l'ai vu expirer.

Alors j'ai oublié le fer et la mitraille,
J'ai traîné mon copain d'une rage féroce
Parmi les barbelés et les râles atroces
A l'abri du carnage affreux de la bataille.

J'ai rampé au milieu des boyaux et du sang
En mêlant à ce sang celui de mon copain
Et j'ai vu que parmi les débris inhumains
La mort avait unis les guerriers innocents.

Puis des échos lointains suivirent le vacarme ;
Sur le ciel s'élevaient de pâles fumerolles
Et du soleil couchant la sanglante corolle
Effleurait le charnier, comme un adieu aux armes.

C'était comme un espoir jaillissant de l'orage,
Une timide fleur dressée parmi les ruines,
Une rose au milieu des couronnes d'épines,
C'était un arc-en-ciel sur des siècles de rage !

.../...

Alors le vieux gradé, qui n'était pas un tendre,
Refoula l'émotion de son regard sévère,
Et il m'a bien semblé qu'il maudissait la guerre
En voyant mon copain qui gisait sur la cendre.

Ce terrible guerrier m'a fixé dans les yeux
Et m'a dit quelque chose à propos de bravoure,
Le combat quotidien a poursuivi son cours,
Une décoration en manière d'adieu…

Mais je ne serre plus la main de mon copain ;
Sur la trame des jours je m'accroche à l'espoir
De ne plus voir mourir à vingt ans pour la gloire,
Et de voir les fusils rouiller dans les fortins.

Soldats de tous pays, il faut jeter les armes :
Ne cherchez désormais en guise de conquête
Qu'à déflorer parfois quelque humble pâquerette,
Il est grand temps d'aimer et de sécher les larmes !

Tous ceux qui comme moi, sur le champ de bataille,
Ont tenu dans leur main la main de leur copain
Penseront qu'il nous faut bâtir nos lendemains
Au soleil du bonheur et des jours de ripaille !

…/…

Que tous ceux qui voudraient que la guerre s'efface
Rompent enfin leurs liens et brisent leurs barreaux,
Qu'ils saisissent ces liens pour pendre leurs bourreaux
Et serrent dans leur main la main de ceux d'en face!

(Ce poème a été écrit en janvier 1971 à Marseille en me souvenant d'une histoire de guerre que m'avait racontée mon grand-père François alors que j'avais sept ans et qui m'avait beaucoup marqué. François, qui avait fait une fort glorieuse Grande Guerre en y gagnant deux citations pour acte de bravoure au feu, était devenu par la suite très pacifiste, accablant de malédictions les traîneurs de sabre de tout poil. J'ai écrit ce poème à la 1re personne car il était techniquement difficile de faire autrement ; que François me le pardonne, j'ai essayé simplement de me « mettre dans sa peau ». Revu et corrigé à Peyrolles-en-Provence le 16 février 2005).

OÙ SONT LES OLIVIERS ?...

Où sont les oliviers dont les maigres ombrages
Abritaient la candeur de mes rêves d'enfant ?
Qui garde les écueils où jadis fit naufrage,
Qui a pris mes six ans que caressait le vent ?...

J'ai beau prêter l'oreille aux lieux accoutumés,
Le mistral ne sait plus exaucer mes prières,
Mes chimères d'enfant s'envolent en fumée
Et je ne parle plus le langage des pierres ;

Au nez de mes vingt ans le rideau est tombé
Et je vois l'horizon du passé s'estomper
Sur ces douces senteurs que j'aimai si souvent.

On ne me rendra plus mes tout premiers matins ;
D'avoir laissé tarir mes larmes de bambin,
Les oliviers sont morts avec mes jeux d'enfant...

(La Couronne, 13 mars 1971).

AMOUR ET LIBERTÉ

Réinventons enfin le mot de Liberté,
Qui du fond du passé conduit l'humanité,
Allumons de nouveau la flamme du vieux phare
Qui garde les écueils où se brise l'espoir…

Notre vraie raison d'être est d'aspirer à vivre
Et la vie peut mourir de ne pas être libre,
Aussi cherchons à vivre en quête du bonheur,
Vivre à force d'aimer d'un amour de flâneur.

Il faut parfois mourir pour cette raison d'être,
Car si le malheur doit ici-bas disparaître,
Le prix du sang est peu quand on meurt pour qu'un jour
Vivre ne soit plus rien qu'un nouveau mot d'amour.

Au refrain quotidien nous redécouvrirons
Cet air de liberté que porte notre front
Du bistrot qui entr'ouvre un regard sur l'aurore
Aux usines noircies qui sommeillent encore…

Chaque jour un peu plus la liberté des autres
Nous fera savourer le nectar de la nôtre,
Nous boirons nos instants tous au même goulot:
A se saouler de vie, il faut mourir poivrot!

…/…

Pour récolter un jour le bonheur que l'on sème
Chacun doit prendre enfin conscience de soi-même,
Chacun doit apporter quelque chose à demain
Et chacun bâtira un monde plus humain.

Il faut croire à l'amour, puisque tel est l'enjeu,
Et il ne tient qu'à nous de vivre un jour heureux ;
Reprenons aux tyrans le droit à être libres,
Si l'amour est captif, seul l'amour le délivre !

De tous temps l'univers a vécu d'idéaux,
Sans cesse l'opprimé desserre son étau,
Les sentiers du bonheur ne se termineront
Que par la liberté qu'ensemble nous ferons !

Ou alors que ce soit de ce bonheur fatal
Que périsse le monde amoureux d'idéal,
Ainsi l'humanité mourra d'aimer trop fort,
Grande en sa liberté autant que dans sa mort !

J'espèrerai toujours qu'un beau matin se lève
Un matin rayonnant, né du sang de l'histoire,
Et s'il m'était prouvé que d'aimer fût un rêve,
Je vivrais pour ce rêve, à en mourir d'y croire…

(Ce poème « libertaire » a été écrit à une époque de ma vie – en mars 1971 à Marseille – où j'ai cru à l'idéal anarchiste).

LE FOND DE LA BOUTEILLE

Comme les amoureux déçus
Qui promènent inaperçus
Sur les rivages de novembre
Leur cafard glauque de septembre,
Cherchant dans la nuit entrouverte
Les traces de leurs amours mortes,
Ces traces à jamais couvertes
Des coquilles brisées qu'emporte
La mer dans les criques désertes;

Comme ceux qui vivent d'un rêve
Abandonné sur quelque grève,
Devant les photos de vacances
Qu'ils conservent en souvenance
De l'illusion d'avoir aimé,
Ceux qui au fil d'une chanson
Retrouvent parmi la fumée
Baignant les rires d'un salon
Un instant trop tôt consumé;

.../...

Comme ceux qui d'une aventure
A une autre mésaventure
Revivent l'éternel refrain
De l'espoir qu'ils avaient étreint
Le jour de la première fois,
Ceux qui recommencent toujours
Comme une profession de foi
Le rite du premier amour,
Toujours fidèles à leur loi…

Comme le vieillard qui soupire
Devant les journées qui s'étirent
Sur la boue du Chemin des Dames
A mesure que l'âpre flamme
Du temps brûle sur ses vingt ans,
Celui qui répète sans cesse
Les mêmes histoires d'antan,
Celles qui ont fait sa jeunesse,
Belle, dans les tranchées, pourtant ;

…/…

Comme celui qui fait le tour
De sa chambre cent fois par jour,
De son vieux fauteuil à son lit,
Du lit au fauteuil, sans répit
Comme par quelque accoutumance,
Celui qui dans ses vieilles choses
Cherche une amicale présence
Pour que le souvenir des roses
Berce son cœur de sa jouvence;

Comme celui qui aime à rire
Avec les enfants qu'il admire
Car ils apportent à son âge
Un peu de cet air pas très sage
Au goût suranné de candeur,
Celui qui s'accroche à la vie
Auprès de la prime saveur
Dont les bambins aux yeux ravis
Versent l'ambroisie du bonheur…

…/…

Comme les enragés des nuits
De mille neuf cent soixante-huit
Qui viennent noyer leur rancœur
En buvant avec mal au cœur
Un café noir dans un troquet
Pour digérer leur faux espoir
Et en attrapent le hoquet,
Ceux des drapeaux rouges et noirs
Qui croyaient au dernier bouquet ;

Comme ces jeunes chevelus
Qui se prennent pour des Poilus
Et continuent encore de croire
Aux pavés tombés pour la gloire
De la révolution de mai
En chantant l'Internationale
De temps en temps, pour mieux l'aimer,
Ceux qui agitent le fanal
Qui conduit le peuple opprimé ;

.../...

Comme ces rêveurs nostalgiques
Epris d'idéaux utopiques,
Mais que l'amour et l'amitié
Sauront faire réalité,
Tous ceux qui pour tenter de vivre
Essaieront de changer le monde,
Ceux qui depuis toujours s'enivrent
Des espérances inféconds
Et meurent pour devenir libres…

Comme ces amoureux qui pansent
Les plaies de leurs amours d'enfance,
Comme ce vieillard qui s'obstine
A survivre au temps qui le mine,
Comme ce poète anarchiste
Veut croire qu'il y croit encore,
Je veux que les rêves existent
Et je boirai jusqu'à ma mort
La lie de mes vœux optimistes ;

…/…

Sur les rivages de l'hiver
Je viendrai regarder la mer
Et voler les dernières gouttes
Tombant du soleil du mois d'août,
Comme butinent les abeilles
Cueillerai le dernier sourire
De ces estivales merveilles,
Je viendrai vers mes souvenirs
Boire le fond de la bouteille.

(Poème écrit à La Couronne en mars 1971).

REFLETS

J'ai ramené d'hier quelques disques de plus…
Ils continuent ce soir de trourner dans ma tête
Et le temps d'un adieu les aiguilles s'arrêtent.
Devant mon verre vide, il ne me reste plus
Que le regret furtif d'avoir laissé la veille
Quelque chose de moi sur les ruines d'ailleurs ;
Le retour à nouveau étale sa langueur
Sur ces tons familiers que le souvenir veille.

Et je hais ce bistrot que j'aimais tant, avant,
J'aime de nouveaux mots, de nouvelles chansons,
Comme à chaque retour d'un nouvel horizon
J'apprends à désaimer tous mes rêves d'antan.
Il faudra que le temps glisse encore sur les choses
Pour que meurent en moi ces refrains qui se traînent
Ce soir, dans la fumée du salon, quand ma peine
Accroche un souvenir dans mon cœur et se pose,
Comme tombe à l'automne une feuille de chêne…

(Poème écrit au buffet de la gare d'Aix-en-Provence en avril 1971).

JOUISSONS SANS ENTRAVES !

Qu'il ferait bon, le soir, rêver autour de l'âtre
Quand la nuit sur la terre
Calme un peu la fureur des combats idolâtres...

Frères, cessons le feu, ce soir il y a bal :
On enterre la guerre,
Le feu de cheminée chante mieux que les balles !

Désapprenons la haine et les passions guerrières,
Et débarrassons-nous
De ce dont les nantis sont seuls bénéficiaires ;

Découvrons les beautés des choses de la vie,
Nous avons rendez-vous
A l'orée du bonheur que nous aurons conquis !

Jouissons du printemps qui éclot dans les champs,
De l'amandier en fleurs
Au sous-bois qu'un oiseau égaye de son chant ;

Réapprenons les mots que nous disions enfants
Et jouons sans pudeur
Dans la prime rosée sous le soleil levant ;

.../...

Savourons à nouveau ce moment délicieux
Qu'offre le crépuscule
Quand le soleil décline et que flambent les cieux ;

Apprécions la claire douceur d'un feu de camp
Lorsque la nuit recule
Devant les amitiés qui volent en chantant !

Ecoutons cette voix qui parfois nous murmure
L'espace d'un éclair
Qu'il ferait si bon vivre à l'abri des censures ;

Et comme il ferait doux aimer à cœur folâtre
Quand le feu chante clair !
Qu'il ferait bon, pourtant, rêver autour de l'âtre…

(Aix-en-Provence, Cours Mirabeau, juin 1971).

DÈS LES PREMIÈRES COLCHIQUES

Les premières colchiques écloses
Les amours s'assoupissent déjà
Et les gris avant-goûts des frimas
Traînent d'âcres rancœurs sur les choses

Des oublis viennent pointer leur nez
Au déclin des illusions fanées…

Et l'on voit sur les plages mourantes
Lutter des espoirs désespérés
Pour glaner en ces heures errantes
Quelques derniers échos des soirées
Que l'on croyait emporter toujours
On veut encor jouer à l'été
Et l'on emprunte tous les détours
Pour faire croire à l'éternité
Des instants que les feuilles flétries
Couvriront avec les cœurs meurtris

Les combats pour les causes perdues
Se livrent aux premières colchiques
Lorsqu'on veut croire encore aux musiques
Accompagnant les joies éperdues

…/…

Mais si le cœur toujours les vénère
La raison, elle, n'y croit plus guère…

Et c'est l'âme vaincue que l'on part
Emportant de nouveaux souvenirs
Pour réchauffer l'hiver d'un regard
Vers ce qu'on a laissé de sourires
On voit mourir les derniers rayons
D'un soleil qui n'y croit pas non plus
Les amours s'habillent de haillons
Qui ne lui seront d'aucun salut
Lorsque les vents d'automne viendront
Balayer leurs ultimes tisons

Aux premières colchiques l'on sait
Qu'il n'y aura bientôt sur les plages
Que les traces ternies des mirages
Disparus avec le temps passé

Et l'on entend le glas qui résonne
Quand au loin se profile l'automne…

.../...

Et si le promeneur d'aventure
Ecoute alors les voix du silence
Il entendra gémir dans l'azur
Ce chant du cygne où meurt l'espérance
Il saura les psalmodies funèbres
Conduisant les dernières amours
Et il verra poindre les ténèbres
A l'orée des premiers mauvais jours
Il verra s'endormir sur le monde
Tous ces bonheurs que l'été féconde…

(Ecrit à La Couronne en juin 1971; anticipation de la mélancolie des fins d'été...).

RUPTURE

Hier soir j'ai ressenti un étrange malaise,
Alors que sur la vague une dernière braise
Dévorée par la nuit s'éteignait en silence ;
Du rivage montaient de confuses fréquences
Et quelque part les voix des premiers estivants
Venaient jusque vers moi apportées par le vent.
Pourtant il y avait une ambiance de mort...

Je ne retrouvais plus les nuances d'alors,
Les souvenirs brouillons assaillant mon esprit
Grouillaient et s'effritaient comme autant de débris,
Les instants familiers se vidaient de leur sève ;
Tous ces lieux du passé où je vécus des rêves
Estompaient leurs contours et leurs voix se sont tues,
Comme si quelque chose avait soudain vécu...

(Ecrit à La Couronne en juin 1971).

SILHOUETTES

Le salon qu'auréole une clarté blanchâtre
Baigne dans les volutes blêmes
De ces fumées que l'ombre sème
Autour des spectres flous dansant auprès de l'âtre.

Les notes saccadées qu'un peu de jazz disperse
Rebondissent, gaies et hardies,
Sur les cloisons de bois verni,
Et je m'en vais rêvant sous leurs folles averses.

Des miroirs devant moi reflètent en secret
Des silhouettes imprécises,
Grises comme la vapeur grise
Que répand mon café comme un encens sacré.

Dans le scintillement argenté du néant
Elles profilent leurs contours
En oscillant dans le velours
Que l'ambiance feutrée tisse sur mes vingt ans…

J'ai mis deux grains de sucre en cette moire opaque
Et lentement ils se craquèlent;
Tandis qu'un souvenir me hèle,
Je m'en vais avec eux sombrer dans le cloaque.

.../...

La cigarette hier donnée par un ami
Et déjà presque consumée ;
Je ne peux plus la rallumer
Car le mégot m'a déjà brûlé… c'est fini.

Mon ami cherche encore au détour des années
Les inaccessibles séquelles
Qui pourraient lui rappeler celle
Que l'été a perdu dans un songe fané ;

Et les heures aussi que nous eûmes ensemble,
Bercés de la même illusion
Et de la trompeuse impression
Que n'est éternité que ce qui nous ressemble…

Et depuis j'ai grillé bien d'autres cigarettes
Qui m'ont toujours brûlé les doigts ;
Celle que je tiens cette fois
Dans sa fumée bleutée mourra de sa défaite.

Mon regard de nouveau rencontre le miroir
Et je ne me reconnais plus ;
Je crois que ne m'ont rien valu
Ces voyages sans fin au fond de ma mémoire…

…/…

J'ai laissé en partant au fond du cendrier
Quatre ou cinq mégots de pourboire,
Et je suis parti dans le noir
Vers de nouveaux cafés et de nouveaux sentiers.

Pourtant j'entends toujours ces mêmes airs de jazz
Quand je vais errer dans les bois ;
Ce sont les animaux parfois,
Du tréfonds des fourrés qui chuchotent et jasent…

(Poème écrit en août 1971 à l'auberge de « La Chevrette » à Bernex, Haute-Savoie).

ROCK'N'ROLL CONCERTO

C'est à travers ces instants
De cristal
Que j'entends monter le chant
Zénithal
Des souvenirs d'hier
Et mon cœur
Dans la lumière
Accompagne leur chœur

Je ne sais plus où j'ai laissé
Les vestiges de mon passé…

Mais les refrains
Vont
Toujours
Où les chagrins
Sont
D'amour

Un firmament de musique
Se déroule
En galaxies électriques
Sous la houle
Des mouvements des danseurs
Qui se tordent
Sous la douleur
Des instants qui les mordent

…/…

Je ne sais plus où j'ai laissé
Les vestiges de mon passé…

Et le bonheur
N'est
Souvent
Qu'un de ces leurres
Nés
Des vents
Rêvant
D'é-
ter-
ni-
té…

(La forme particulière de ce poème écrit en août 1971 à « La Barnolande », à Bernex, évoque les déplacements virevoltants et syncopés du rock'n'roll et son rythme est inspiré par la musique d'un « tube » de l'époque, « Rock'n'roll music » du groupe américain des Creedence Clearwater Revival*).*

PARTEZ SANS MOI...

Le mistral a soufflé sur Thollon-les-Mémises,
J'ai vu le lac Léman ressembler à la mer,
Du romarin poussait aux Cornettes-de-Bise
Et sur Thonon-les-Bains veillait la Bonne Mère...

Souvenirs parfumés de thym et de lavande,
Je n'ai gardé que vous au pied de ces montagnes ;
Au pays de Provence il faudra que je rende
Un dernier mot d'amour si jamais je m'éloigne.

Partez sans moi, reflets fugitifs d'un été,
Mirages incertains de mes rêves bleutés,
Mais j'emporte avec moi au fond de ma valise

Un peu de cet accent que l'on traîne chez nous,
Et d'autres souvenirs se nouent et se dénouent
Tandis que le mistral gémit sur les Mémises...

(Bernex, Haute-Savoie, 20 août 1791).

ESPÉRER DÉSESPÉRÉMENT...

Attendre chaque jour après d'autres départs
Vers d'autres rendez-vous auxquels je serai seul
Et chercher à nouveau des refrains au hasard,
Les refrains où le temps a posé son linceul;

Recommencer sans cesse une même chanson
En essayant d'y croire envers et contre tout,
M'accrocher à des mots à tort ou à raison,
Mais y trouver toujours les parfums les plus doux;

Poursuivre son chemin en oubliant son but,
Mais demeurer pourtant constamment à l'affût
Du retour fugitif de quelque ancien instant;

Errer sous le couvert de l'ombre du passé
Et au seuil de demain que je vois s'avancer,
N'y croyant plus, espérer désespérément!...

(Marseille, le 14 septembre 1971).

INSTANTANÉ

Les premiers feux du jour ont effleuré ma tente
Et j'ai senti au cœur une étrange tristesse…
Tout ce que je portais d'amertume inconsciente
Resurgit ce matin sous les pâles caresses
Que le soleil levant, d'un indulgent rayon,
Offrait à mes regrets et à ma solitude.
Sur la peau bleue du vent, dessinés au crayon,
Il y avait aussi, par quelque lassitude,
Des arbres tout tordus et de rares buissons,
Et j'y ai vu passer en un rapide éclair
Tout ce que j'ai aimé à l'ombre des saisons ;
J'ai recueilli l'arôme et la fraîcheur de l'air
Qu'ont laissé mes six ans au sable de ces plages ;
Je suis allé errer où le passé navigue
Pour retrouver peut-être un sourire, un visage…
Mais au loin on voyait au milieu des garrigues,
Se profilant sur les matinales pâleurs,
La grise silhouette d'un chasseur…

(Calanque de Bonnieu, près de Carro, octobre 1971).

TENDRE ENFANCE

Et quelques gouttes d'eau sur les carreaux…

De temps en temps je jette un œil dehors,
Vers ces combats où jadis fus héros
Qui m'ont laissé comme un goût de remords.
Comme le sable entre mes doigts serrés
S'enfuit à jamais au vent de la mer,
Les jours s'en vont mourir dans la misère
Des souvenirs et des joies enterrés.
Il y a ces jeux qui nous amusaient
Que l'on veut jouer comme aux jours d'antan
Mais qui nous vont moins bien que dans ce temps,
Pareils à de vieux vêtements usés ;
On n'y croit plus beaucoup aux jeux d'enfant !…
On ne croit plus aux contes de Perrault,
Il est dur d'être homme et d'être un héros
Et l'on ne rêve plus comme à dix ans
D'île au trésor et de bateaux à voiles,
On ne croit plus guère, on ne sait plus croire,
On ne sait plus rêver de vieux grimoires
Et l'on ne sait plus causer aux étoiles !

…/…

On ne veut plus croire au Père Noël,
On lui a interdit les cheminées ;
Le vieux bonhomme, on l'a assassiné,
Il manque du bleu dans un coin de ciel…
Il y a ces sentiers qu'on empruntait
Où l'on s'en vient errer un peu plus tard,
Et puis ces rosiers laissés quelque part
Oubliés au fond d'un rêve d'été ;
Mais les chemins sont envahis de ronces
Vomies par le temps qui ronge les joies,
La nuit coule sur l'âme et se déploie
Comme un brouillard où les rêves s'enfoncent.
Dehors, il y a quelques chiens errants
Qui n'ont pas tiré le bon numéro,
Dehors il y a ce ciel qui me ment
Et quelques gouttes d'eau sur les carreaux…

…/…

Il y a des jours qui durent des jours
Au lointain pays qu'on appelle enfance,
Mais c'est d'une nuit dans la nuit immense
Dont on hérite et qui dure toujours ;
L'arrière-goût du miel est bien amer
A qui voudrait être et qui a été,
Tout ce que l'on fut a été prêté
Et il faut un jour le rendre à naguère.
Avant-goût de la mort, qu'un souvenir
De quelque moment de ce temps passé,
Lorsque franchissant les jours harrassés
L'esprit tout à coup cherche à revenir
A un mot, un geste, une ombre, une image,
Témoins pour toujours figés d'un instant
Dans un autre ailleurs, par delà le temps,
D'un hier si beau qu'il semble un mirage…

…/…

Avant-goût du trépas, que ce voyage
Dans l'autre dimension de l'univers,
Cet air d'éternité, ou bien d'enfer,
Qu'a le souvenir d'un ancien rivage ;
Reflets fugitifs qu'on saisit parfois
Au nez du temps passé qu'on oublie trop,
Tandis que dehors l'hiver met du froid
Et quelques gouttes d'eau sur les carreaux…

Plus tard, lorsque vieux l'on fait devant l'âtre
Ce chemin cent fois refait chaque jour,
On voit qu'il ne reste à chaque détour
Que quelques échos aux saveurs douceâtres ;
Et les larmes sur les joues du vieux gosse
Coulent en vain sur ses jeux désappris
Lorsqu'il essaie d'assembler les débris
Eparpillés de l'enfantin carosse.
Il n'en reste plus que quelques accrocs
Et quelques gouttes d'eau sur les carreaux…

(Marseille, novembre 1971).

CROIRE ET VAINCRE

Laisser son cœur s'enfuir où la raison s'arrête

Et perdre sans raison mais pas à cœur perdu

Les saisons de jadis qu'un souvenir rappelle

Eperdu repartir en y croyant encore

Vers ces hâvres brumeux qu'on appelle demain

Puis sans cesser de croire en un futur meilleur

Verser sur le chemin quelques larmes de plus

Puisant dans cet espoir la force de survivre

A ces bonheurs anciens ternissant le présent

S'avancer tête haute au milieu des tourments

Assez fort pour combattre et espérer saisir

Sa vengeance et sa mort d'une même victoire

…/…

Quand de l'adversité les blêmes citadelles

S'élèvent au détour d'une illusion nouvelle

Candide parodie d'un peu de certitude

Se lever à nouveau et croire encore plus fort

Ne pas se retourner sans cesse sur les lieux

Où restent nos amours en longs manteaux de brume

Ne passer son destin qu'à se saouler d'y croire

Ou le réinventer chaque fois qu'hier meurt

Se battre pour survivre et vivre pour se battre

Danser sur sa défaite et cracher sur sa gloire

Se bâtir sur son sang et sa sueur un monde

Dans ses tours d'espérance à jamais réfugié

.../...

Aux sirènes d'amours enchanter sa victoire

Eprendre tout son être et même à l'impossible

Aussi fort aussi loin que peut luire l'espoir

Et prendre ses désirs pour des réalités

(Ecrit à Aix-en-Provence en janvier 1972).

HOT ZONE

Aux rives de béton que baignent des flots d'huile,
Les dimanches graisseux aux airs de bidonvilles,
S'en viennent patauger les fins de mois inquiètes
Et voguer leur cafard, le blue jean en trinquette…
Le soleil de plastique et les brises d'acide
Font briller de cambouis les coquillages vides,
Tandis que le pêcheur, d'un œil désabusé,
Regarde agoniser les rivages brisés.
Le chant des matelots s'est éloigné depuis,
Depuis que les marées ont des relents d'ennui,
Et l'horizon jadis ancré à l'aventure
Etale désormais son foc d'hydrocarbures.
Les senteurs de l'été exhalent des regrets
Et se sont abîmées aux écueils du Progrès ;
L'enfant prêtant l'oreille aux conques en rêvant
N'entendra plus jamais chanter les océans…

…/…

Et puis, bien en deçà des littoraux défunts,
Les monts et les forêts se meurent un à un;
Les cimes à l'air pur et jadis si léger
Que finement ourlaient les crêtes enneigées,
Se chargent peu à peu des miasmes des vallées.
Du plus profond des bois le cerf s'en est allé,
Les oiseaux se sont tus et les fleurs sont fanées,
Des machoires d'acier dévorent les genêts,
Les lauriers sont brûlés: nous n'irons plus aux bois!
L'été sonne le glas, l'hiver est aux abois,
Les saisons ne jouent plus le jeu de l'univers,
Et demain nos enfants regarderont, sévères,
La terre calcinée et les tristes rivages
Que nous auront laissés en guise d'héritage…

(Poème « écologique » assez visionnaire, écrit à Aix-en-Provence en février 1972!)

POUR DEMAIN

Les peines et les joies sont en un même écrin
Aux jardins de ma vie ;
Au tréfonds de mon cœur sont tour à tour étreints
Le soleil et la pluie.
Il y a des jours clairs qui brillent d'espérance
Au milieu de la nuit
Et d'affreuses contrées qui hurlent de souffrance
Parmi les plus beaux fruits.

Aujourd'hui je ne sais si le goût de mes larmes
Est de rire ou de peine ;
Espérances d'hier, mon cœur jette les armes
Et accepte vos chaînes !
Sur votre autel d'été je laisse en sacrifice
Aux blêmes souveraines
Chaque instant que balaie le présent artifice
Au rythme des rengaines…

.../...

Et peut-être que vers de merveilleux rivages
J'aborderai un jour
Avec les souvenirs traînés dans mon sillage
Après mille détours.
Je bâtirai là-bas, sur ces vieilles antiennes,
De nouvelles amours
Qui passeront demain, autant qu'il m'en souvienne,
Comme un compte à rebours…

(Ce poème écrit en avril 1972 à Aix-en-Provence, juste avant que je rencontre celle qui devait devenir mon épouse...).

LE REGARD DÉTOURNÉ...

Le regard détourné des anciennes splendeurs,
Je voudrais croire enfin en de nouveaux bonheurs
Et laisser s'effacer sur mes premiers sentiers
A mesure d'aimer l'empreinte de mes pieds.

Avec tout ce qu'hier m'offre de souvenirs,
Je voudrais élever mon palais d'avenir ;
Je voudrais avec moi jusqu'au jour de ma mort
Tout ce que j'ai aimé et ce que j'aime encore.

Emporter avec moi quelques arpents de terre,
Emporter avec moi les chansons de naguère,
Emporter avec moi les amours de jadis,
Mes sourires, ma peine, et les mots que j'ai dits.

Et puis, peut-être aussi des senteurs passagères,
Des ombres entrevues et des brises légères,
Des rêves, des rumeurs, de subtiles nuances
Et tous les petits riens qui font les souvenances...

Mais voici que les mots se taisent sous ma plume,
La tristesse soudain vient me nouer la gorge,
De trop me souvenir mes yeux se noient de brume
Et d'autres souvenirs au feu du temps se forgent...

(Aix-en-Provence, avril 1972).

ZÉRO

Dans les artères de la ville, il n'y a rien,
Ni sur le dos meurtri des montagnes bleutées,
Rien au-dessus des flots où le ciel va et vient
A se saouler d'ennui et d'insipidité.

Dans les artères des passants, il n'y a rien,
Ni dans le portefeuille étroit du prolétaire,
Encor moins dans le cœur du curé-bon-chrétien,
Rien dans le pantalon du flic patibulaire.

Dans ma tête non plus, il n'y a pas grand'chose
A cause du pinard qui m'a rendu morose,
Et de ce doux roulis de musique légère…

J'ai bu pour oublier la laideur et la haine,
Et mon cafard aussi, qui s'installe et m'enchaîne,
J'ai bu pour oublier qu'il n'y a rien à faire…

(Ecrit le 9 juin 1972 dans un bar du boulevard de la Libération à Marseille... Encore un fameux coup de cafard !).

JARDIN SECRET

Je garde mes allées décorées de chimères
Et mes vertes vallées de rêve et de mystère ;
L'enfance que j'avais échappe au flot du temps
Et je garde en mon cœur la fraîcheur du printemps.

Je vois les souvenirs s'amonceler au vent
Des automnes rageurs qui ravissent l'enfant
Que j'étais à l'orée de mes primes amours,
Mais aux ronces d'hier je m'accroche toujours.

Je me laisse voguer aux vagues de ma peine
Qui viennent caresser des rives incertaines,
J'ai cherché mon chemin vers d'autres espérances
Mais je reviens toujours au seuil des souvenances.

Il y a quelque part dans mon cœur bien cachés
Des rires enfantins et des chants de clochers ;
J'aime encore contempler les étoiles au ciel
Et je crois bien aussi croire au Père Noël…

Et souvent quand je vais, le soir, par les collines,
Je crois voir des lutins et de blondes ondines,
Je vois des ombres vivre, et les contes d'antan
Egrènent leurs splendeurs au rythme des instants.

(Ecrit à Bernex, chalet « La Barnolande », en juillet 1972).

À TIRE D'AILE

Lorsqu'il me poussera des ailes,
Des ailes au cul,
J'irai comme les hirondelles
Chercher le soleil dans les nues.

J'irai chercher ma jouvencelle
Au gré des coups de vent têtus,
Lorsqu'il me poussera des ailes,
Des ailes au cul.

J'irai de par le vaste monde
Butiner de jolies fleurettes
Et choisirai la plus gironde
Pour ensoleiller ma chambrette.

Lors, nous partirons tous les deux
Butiner ensemble à la vie,
Et nous nous tresserons, heureux,
Le plus douillet de tous les nids.

.../...

Lorsqu'il m'aura poussé des ailes,
Des ailes au cul,
Je finirai ma ritournelle
Au fond d'un coffre vermoulu…

Et puis je t'ai trouvée, ma belle,
Alors que je n'y croyais plus,
Et ne m'ont pas poussé des ailes,
Des ailes au cul!

(Ce poème très enjoué, très exceptionnel dans ma production, est le dernier de mon « époque de jeunesse »; par son ton, il marque très clairement la fin de cette époque: je venais alors de rencontrer Marie-France qui est devenue mon épouse. Il a été écrit en mai 1973 à la gare d'Aix-en-Provence).

DEUXIÈME PARTIE

POÈMES « D'AUJOURD'HUI »

SUR VOS TOMBEAUX

A toi parrain, à toi mon père,
Quand le soleil à l'horizon
Lance un dernier cri de lumière,
Je guette au rythme des saisons
Le temps qui traîne son fardeau
Et son ombre sur vos tombeaux.

A toi parrain, à toi mon père,
Je regarde couler les jours
Le long des murs des cimetières
Où vous reposez pour toujours
Et j'entends chuchoter des mots,
Des murmures sur vos tombeaux.

A toi parrain, à toi mon père,
Lorsque l'été joue sur les vagues
Je vois danser la terre entière
Et les étoiles qui divaguent ;
Je vois briller mille flambeaux,
Mille flambeaux sur vos tombeaux !

.../...

A toi parrain, à toi mon père,
Le reflet de votre visage
Illumine toute la terre
Et fait chanter dans les nuages
Le chœur de dix millions d'oiseaux
Sur les stèles de vos tombeaux !

A toi parrain, à toi mon père,
Parfois lorsque la nuit s'étend,
Je murmure quelques prières,
Je n'y crois pas beaucoup, pourtant !
Et je sens dans mes yeux de l'eau
Qui vient couler sur vos tombeaux.

A toi parrain, à toi mon père,
Je guette au fil du temps l'espoir,
Des ombres glissent sur les pierres
Avec des gueules d'encensoir.
J'écoute aux plis de son manteau
Le vent gémir sur vos tombeaux...

(Ecrit dans un bar d'Aix-en-Provence en janvier 1974 à la mémoire de Florestan et de mon père Edmond).

À CELUI QUI DONNAIT À MANGER AUX OISEAUX

En passant d'aventure un jour à La Couronne,
Ecoute bien la vague, écoute bien le vent,
Ecoute dans le soir la feuille qui frissonne,
Avance doucement...

Tu entendras peut-être au plus haut des ramées
Ce que disent encore alors que la nuit tombe,
Les oiseaux de celui qui les a tant aimés
Et qui dort dans sa tombe.

Il était accoudé souvent à sa terrasse
Et, le regard perdu vers quelque souvenance,
Il tentait d'oublier ici que le temps passe
A force d'espérance.

Il avait dans les yeux le bleu des horizons
Et ses cheveux d'argent défiaient les hivers ;
Il écoutait sonner les mois et les saisons
Au ressac de la mer.

Il tenait dans la main quelques miettes de pain
Qu'il donnait aux oiseaux quand, les jours de mistral,
La terre grelottait sous le soleil d'airain
Et le ciel minéral.

.../...

Je l'écoutais ainsi parler du temps jadis
Tandis que s'effritaient les miettes dans sa main ;
L'ombre du soir glissait sur son regard terni
Un voile de chagrin.

Et puis il est parti dans l'aube de janvier,
Entre un paquet d'écume et un éclat du phare ;
Les oiseaux sont venus picorer le gravier
De ce matin blafard.

De celui qui donnait à manger aux oiseaux
Il ne reste aujourd'hui qu'un regain de misère ;
Sur la terrasse vide aux immenses carreaux,
Quelques miettes de pain oubliées par l'hiver…

Ecrit à Assouan (Egypte) le 10 janvier 1977 à la mémoire de mon oncle et parrain, Florestan Logerot, décédé en janvier 1973 dans sa maison de La Couronne.

À MON ONCLE, SI TERRIBLE ET SI BON...

Il était fort et brave, il était généreux,
Indulgent pour le juste, implacable au perfide,
Les enfants le craignaient lorsque son regard bleu
Durcissait tout à coup son visage livide…

Il grondait et tonnait, il pestait et jurait,
Lui qui était si tendre, et jouait au tyran,
Parfois je l'ai surpris, lui si dur, qui pleurait
Quand le malheur frappait l'ami ou le parent.

Il avait volontiers des colères terribles
A faire s'effondrer les murs de la cité,
Accablant l'univers d'anathèmes horribles,
Pourfendant l'imprudent qui osait l'affronter !

Mais j'ai vu bien souvent une espiègle malice
Eclairer ce regard, lorsque d'humeur badine,
Préparant quelque farce où nous étions complices,
Il rayonnait alors de candeur enfantine !

J'aimais son cœur d'acier, mais surtout son grand cœur ;
A mon petit dernier j'ai donné son prénom,
Espérant qu'il le porte avec autant d'honneur :
Il était bon et rude, on l'appelait Gaston…

(Ecrit au cours d'un séjour à Aiguilles-en-Queyras, le 26 février 1995).

À MON GRAND-PÈRE, LE POILU

Des Flandres à Verdun, du Mort-Homme à l'Argonne
Et du Chemin des Dames au Plateau de Craonne,
J'ai suivi tes vingt ans dans les grands cimetières
Où les croix alignées couvrent la terre entière.

J'ai suivi tes vingt ans consumés dans l'enfer
De la boue et du sang, et du feu, et du fer,
J'ai suivi tes vingt ans en marchant sur les crêtes
Et j'y ai vu briller l'acier des baïonnettes.

J'ai guetté ton fantôme entre les forteresses
Et cherché ton regard, celui de ta jeunesse
Qui côtoyait la mort au fond de ces vallons
Où j'entendais le vent chanter La Madelon…

J'ai suivi tes vingt ans couleur bleu horizon
Et j'ai erré longtemps près de La Malmaison
Parmi les champs d'horreur, te cherchant, ô grand-père,
Le long des croix de bois, le long des croix de pierre,
Le long des souvenirs que hante l'hécatombe,
Rêvant, au vent d'été qui souffle sur les tombes…

Peyrolles-en-Provence, le 24 novembre 1995, en souvenir d'un moment d'émotion intense ressenti l'été précédent sur les champs de bataille où combattit mon grand-père paternel de 1914 à 1918.

CAMPUS STELLAE

Un matin de juillet nous avons pris la route
Et pendant vingt-sept jours, vers le soleil couchant,
Nous avons cheminé sous la céleste voûte,
Brûlés par le soleil, la poussière et le vent.

Nous avons mis nos pas dans les pas des anciens,
Nous sommes reposés sous les mêmes ombrages,
Et des bords de Durance aux confins galliciens
Nous avons contemplé les mêmes paysages.

Dans les mêmes ruisseaux et les mêmes fontaines
Nous avons rafraîchi nos idées et nos têtes
Et nous avons dormi à même la planète
Sous la même lueur des étoiles lointaines.

Nous sommes arrivés au bout du grand chemin
Sans doute ni meilleurs ni pires qu'en partant,
Mais avec dans le cœur de l'espoir pour longtemps
Et un peu plus d'amour à partager demain.

(Gare d'Hendaye, le 19 août 2001 à 11 h 30 ; poème écrit à la fin du pélerinage que j'ai fait à Saint-Jacques-de-Compostelle depuis ma maison de Peyrolles-en-Provence, à VTT. Le parcours du « Chemin des gens ordinaires » restera un des grands épisodes de ma vie. Le titre reprend le nom que portait Saint-Jacques dans les temps anciens. Un des noms du « Camino » est d'ailleurs « Le Chemin des Etoiles »).

C'ÉTAIT DU TEMPS D'ALBERT...

Voici bien des années, il y a très longtemps,
C'était « du Temps d'Albert », et c'était le bon temps !...

Bien des jours de soleil, de mistral et de pluie
Ont patiné tes murs ; bien des jours et des nuits
Ont résonné ici des rires et des pleurs ;
Des sourires sont nés, d'autres se sont éteints,
Mais on n'a jamais vu y régner le malheur.
Des cœurs simples et bons ont bâti le bonheur
D'une vie humble et douce et d'honnêtes destins ;
Le cœur des braves gens donne vie à la pierre
Et palpite à jamais au ciel et sur la terre :

Paulette, qui parlait aux vivants et aux morts,
Et que poivre ou vinaigre étranglait à moitié ;
Florestan, qui peut-être avait perdu le nord,
Du désert de Gobi se croyait l'héritier ;
Edmond, qui a laissé ici tant de sueur
Qu'il est parti trop tôt se reposer au Ciel ;
Et Marguerite, enfin, qui sans bruit, en douceur,
Est allée le rejoindre auprès de l'Eternel
Pour préparer là-haut quelque festin de roi !

.../...

Tous revivent ici dans notre souvenir,
Et la vieille maison se dresse, ferme et droit,
Riche de son passé et riche d'avenir :
Ceux qui l'ont rebâtie sont dignes des anciens
Et lui redonneront l'éclat qui fut le sien ;
Ses murs que bruniront le soleil et le vent
Résonneront encor des rires des enfants…

(Menton, le 8 juillet 2004, 23 h 30. Ecrit à la demande de Nadine en vue de la pendaison de la crémaillère prévue après les travaux de rénovation de sa maison de La Couronne, héritée de notre mère. Certaines allusions de ce poème sont incompréhensibles sans connaître l'histoire des personnages évoqués).

LE REGARD DE MON CHIEN...

Le regard de mon chien est comme un lac profond
Où se noient les chagrins, où l'âme se repose
Et s'apaise l'esprit quand doucement il pose
Sa bonne grosse tête au creux de mon épaule.
Et le brun de ses yeux est un gouffre sans fond
Où sombre la détresse, où les peines s'envolent;
Dans les yeux de mon chien il y a plus de bonté
Que n'en donna jamais toute l'humanité.
Le regard de mon chien est comme un lac profond...

(Die, le 16 juillet 2004)

TRINQUEZ À MA SANTÉ!

Lorsque je partirai pour le dernier voyage,
Je voudrais que la mer, le soleil et le vent
Se mettent à chanter par delà les nuages
Et qu'ils portent au ciel les rires des vivants.

Lorsque j'accueillerai l'étrange messager,
Je prendrai avec lui l'ultime clé des champs
Et ceux qui m'ont aimé viendront boire et manger
Et m'accompagneront des échos de leurs chants.

Quand je m'envolerai au vent d'éternité,
Sachez que je n'aurai ni peur ni désespoir;
Seulement le regret de devoir vous quitter
Mais en étant certain, aussi, de vous revoir.

Je vous attendrai donc tout au bout du chemin;
Hauts les cœurs, mes amis, il faut nourrir le corps!
Courage! l'âme est forte, il fera jour demain:
Trinquez à ma santé, il fait bon vivre encore!

(Ecrit à Peyrolles le 26 août 2004. Ce poème n'est pas triste, loin de là; il devra être lu par un(e) volontaire le jour de mes obsèques, plus précisément au moment de l'apéro qui ne manquera pas de précéder – j'y compte bien – un solide repas!)

ESPÉRIANCE

Sur les crêtes du Luberon
Le soleil danse au-dessus de Robion
Tandis que des arabesques de givre
Ecrivent sur la pierre un livre
Où le vent dit de très vieilles histoires,
Où les jours chantent leurs mémoires…

Mémoires bleues de vastes horizons,
De nuits sans lune et de saisons
Bercées par des rêves d'enfant.
Sur le sentier que je suis s'élevant
Passent de furtives chimères,
L'ombre allanguie de bonheurs éphémères.

Dans la plaine, le nouvel an
Elève aux cieux un prodigieux élan
D'espoir, de joie, d'amour et de lumière
Devant la silhouette altière
Du Mont Ventoux qui se dresse au lointain,
Et mon cœur danse ce matin!

.../...

La neige crisse à chacun de mes pas
Et je ne me retourne pas
Sur les traces que j'ai laissées
Dans le sillage où traîne le passé ;
Marchant face au soleil levant,
Sans oublier, je regarde devant.

(Poème écrit lors d'une marche dans le Luberon, du côté de Robion, le 1er janvier 2005. Le titre est bien sûr un mot inventé de toutes pièces : il fait évidemment allusion à l'espoir dans l'année nouvelle, c'est à dire dans le futur, et au passé à travers le mot « expérience » qui revêt ici deux sens : sa dimension initiatique – en tant qu'essai, tentative – et se réfère aussi au savoir que l'homme acquiert sur les ailes du temps).

VA CUEILLIR LES ÉTOILES...

Tu portes pour prénoms Charles, Edmond, Florestan ;
Ils claquent au grand vent comme des étendards,
Ces prénoms d'empereur, de chevalier errant,
Je te les ai offerts comme des œuvres d'art !

Ils ont été forgés à l'aune de la gloire,
Sois fier de les porter, sois digne, et marche droit,
Ne t'éloigne jamais des chemins du devoir :
Si tu es juste et bon, Dieu le sera pour toi.

Je t'ai montré, enfant, un monde merveilleux
A travers les forêts, les lacs et les montagnes
Et j'ai eu le bonheur de voir s'ouvrir tes yeux
Qui regardaient la vie comme un mât de cocagne.

Emporte-le toujours au fond de tes bagages
Contemple alors le monde avec des yeux d'enfant
Et l'émerveillement fera de toi un sage,
C'est la voie du bonheur que l'on suit en rêvant.

Emporte sur les flots par delà l'océan
Notre amour, et les vents qui soufflent dans les voiles
Te diront à travers les cris des goélands
Comment tu peux être humble et cueillir les étoiles !

(Ecrit à Peyrolles-en-Provence le 10 janvier 2005, pour mon fils Charles, devenu marin ; une façon de lui souhaiter bon vent...).

ET TU SERAS PLUS GRAND...

D'un pas égal et sûr,
Le cœur et l'âme purs,
Tu avances serein dans la vallée des larmes
Rien ne semble t'abattre et ton calme désarme.

Tu m'as accompagné dans bien des aventures
Et sur d'âpres chemins tu dormais à la dure
Bercé par des chansons
De lune et d'horizons.

Tu marchais en silence
Mais pour nous ta présence
Affermissait notre âme et nous montrait la voie,
Nous, tes vieux compagnons, nous étions fiers de toi.

Face à la dureté des moments difficiles
Tous ont su admirer ton courage tranquille :
Tu n'avais que dix ans
Mais que tu étais grand !

Que le Ciel te ménage
Et que le long voyage
De la vie te conduise à de radieux matins
Et que brille le jour sur un heureux destin.

.../...

Mais n'oublie pas non plus d'être compatissant ;
Laisse ton cœur s'ouvrir à l'autre en grandissant
Et tu seras encore
Plus grand, encore plus fort.

(Ecrit à Peyrolles le 11 janvier 2005 pour mon fils cadet Rémi, frère jumeau de Marielle. Sa ténacité tranquille lors des longues randonnées qu'il a faites avec moi et d'autres compagnons adultes, une capacité rare à son âge à affronter les difficultés sans aucune plainte, son égalité d'humeur en ont fait un compagnon précieux de nos longues équipées).

FONTAINE DE JOUVENCE

Nous avons avancé sur des voies parallèles
Si bien que nos chemins ne pouvaient se croiser,
Mais nous avions au fond des ressemblances telles
Que la géométrie a bien du composer!

La loi mathématique et tous les théorèmes
Ont perdu leur latin devant la poésie,
Et ils pourront toujours nous jeter l'anathème,
Nous avons inventé une belle hérésie!

Car nous sommes pétris de la même farine
Et ces modestes vers que je prétends écrire
Nous sont un trait d'union, une faveur divine
Qui de tous les tourments autorise à sourire.

En poussant le portail de ce jardin immense
Comme on tourne la clé d'une secrète armoire,
Tu pourras y trouver l'élixir de jouvence
Et musarder de l'autre côté du miroir.

Cultive la richesse intérieure que Dieu
A daigné t'accorder, et que tu puisses voir
Ces contrées inconnues et leurs trésors précieux
Que les mots enchantés revêtiront d'espoir…

(Ecrit à Peyrolles-en-Provence le 12 janvier 2005; à ma fille Marielle, sœur jumelle de Rémi qui semble partager avec moi une certaine fibre poétique...)

AU NOM DE MON PÈRE

J'ai questionné le jour, interrogé la nuit,
J'ai écouté le vent, j'ai parlé à la pluie
Et je n'ai entendu qu'un ténébreux silence…
J'ai écouté la mer, les rochers, les rivières,
J'ai scruté les buissons, les landes, les bruyères,
Et je n'ai aperçu nulle part ta présence.
Où donc es-tu parti, vers quel lointain rivage
As-tu mis à la voile, et quel dernier naufrage
Nous a volé trop tôt ton visage si bon ?

Tu aurais tant aimé voir grandir nos enfants,
Et ils auraient joué avec tes cheveux blancs,
Mais tu voles au vent des astres vagabonds…
J'aurais aimé aussi faire un bout de chemin,
T'accompagner un peu, marcher main dans la main
Quelques années encore alors que ma jeunesse
N'a jamais pris le temps de faire à tes côtés
Ces quelques pas de plus qui, pour l'éternité,
Nous auraient emmenés dans une forteresse
D'espérance, à jamais dressée face au destin !

En écoutant le chant des oiseaux le matin,
En écoutant la vie chanter monts et merveilles,
J'ai entendu ta voix me parler à l'oreille…

(Ecrit le 18 janvier 2005 à Peyrolles-en-Provence à la mémoire de mon père Edmond, mort brutalement à Marseille dans sa 49e année le 2 novembre 1973, le surlendemain de mon mariage et la veille de son anniversaire...)

LA DAME DE LA COURONNE

Je t'ai toujours connue dans ta vieille cuisine,
Bonne fée du logis ou princesse en guenilles,
Riche d'un peu de soupe ou d'un plat de lentilles,
Ta table débordait de splendeurs bysantines.

Le mets le plus modeste, apprêté par tes soins,
Etait digne aussitôt d'être servi aux rois
Et ta simplicité devenait sous ton toit
Une noble grandeur qu'on connaissait au loin.

Quiconque avait reçu ton hospitalité
S'en allait le cœur gai et la panse remplie,
Mais il partait surtout avec l'âme anoblie
D'avoir croisé un jour ton immense bonté.

Tes yeux bleus délavés par de profonds chagrins
Savaient rire souvent d'une tendre malice,
Et chacun savourait les tranquilles délices
Du café odorant dont tu moulais les grains.

Et le temps s'arrêtait à l'antique pendule
Tandis que tu parlais tendrement du bon temps,
Nous avions l'impression que se gravait l'instant
Pour une éternité en lettres majuscules !

.../...

Nous te voyons encor, fantôme bienveillant,
Promenant dans ces murs ton aimable présence
Qui brille dans mon cœur comme un soleil immense
Et plus qu'au firmament les astres scintillants !

(Ecrit à Peyrolles-en-Provence le 25 janvier 2005 à la mémoire de ma tante qui a vécu de longues années dans la maison du Chemin du Sémaphore, à La Couronne. Bien que la vie ne l'ait pas épargnée, elle est restée jusqu'à sa mort d'une extraordinaire bonté, et elle était à sa manière une grande philosophe. Elle était aussi, plus prosaïquement, une cuisinière hors pair !).

HURLEVENT

Le vent d'hiver est en colère,
Il souffle, il siffle et il persifle,
Il brasse l'air, il exaspère,
Il enfle et gonfle, il ronfle et gifle.

Le vent bouscule et gesticule,
Il craque et traque, attaque et claque,
Catapulte et désarticule,
Il matraque et il contre-attaque.

Le vent torture la nature,
Se déhanche et casse les branches,
Il jure, il use et défigure,
Et déclenche des avalanches.

Le vent déssèche et se dépêche,
Emporte jupons et chapeaux,
Le vent trousse les plus revêches,
Riches habits ou oripeaux.

Le vent d'hiver est un rustaud
Qui tempête et qui vitupère,
Comme à la cour du roi Pétaud;
Le vent d'hiver est en colère.

(Ecrit à Peyrolles-en-Provence le 6 février 2005, alors que se levait le vent d'est...).

BESTIAIRE

Dansent-ils, le loup, le renard et la belette,
Sous les peupliers au son de la clarinette ?
Ce cheval qui portait le sel et l'angélique,
Dévale-t-il toujours les routes d'Armorique,
Et le furet, court-il toujours parmi les prés,
Les enfants en chantant, lui courent-ils après ?
Ce petit chien qui dort, là-bas dans la vitrine,
Coûte-t-il aussi cher qu'un blanc manteau d'hermine ?
Et ce chat bien fourré dont parlait La Fontaine,
Est-il toujours si fier de sa grosse bedaine ?
Que devient le lapin qu'Alice poursuivait,
Derrière le miroir, où donc s'est-il sauvé ?
Et la chèvre qu'avait ce bon monsieur Seguin,
A-t-elle rencontré sur sa route un béguin
Avant qu'elle ne fût dévorée toute crue,
Alors que Jean criait, hélas, sans qu'on le crût ?
Et l'âne Cadichon, a-t-il tout raconté,
Ou nous a-t-il caché quelques indignités ?
Le lièvre a-t-il compris l'humiliante leçon,
Et le renard, est-il Normand ou bien Gascon ?
Le fameux rossignol de l'empereur de Chine,
Chantait-il l'opéra ou de simples comptines,
Et les rats qui suivaient l'étrange musicien,
Ont-ils laissé en paix l'âme des paroissiens ?

.../...

Et l'homme, dans tout ça, que fait-il sur la terre ?
Il est très occupé à se faire la guerre…

(Ce poème fait référence à de nombreuses chansons, comptines, fables, légendes et histoires diverses tirées de notre patrimoine culturel et mettant en scène nos « frères inférieurs ». On y trouve donc des allusions au répertoire populaire de la chanson, aux fables de La Fontaine, à Alice au Pays des Merveilles, à Alphonse Daudet, à la Comtesse de Ségur, et à des contes chinois et allemand... L'homme n'y est pas convainquant de supériorité...Ecrit à Peyrolles-en-Provence le 19 février 2005).

À MONSIEUR JULES VERNE

J'avais alors huit ans, au matin de Noël,
Lorsqu'au pied du sapin parmi d'autres cadeaux
J'aperçus un gros livre illustré de pastels
Et un superbe atlas aux airs d'Eldorado…

En suivant *les enfants du Capitaine Grant*,
Fasciné par les noms des cartes de l'atlas,
J'explorais l'univers du vieux conteur de Nantes
Et sillonnais les mers, les déserts et les glaces.

J'ai suivi l'albatros et le rire des sternes,
Sur le pont du *Duncan* j'ai découvert un monde,
Et j'ai lu en entier l'œuvre de Jules Verne
Du Détroit de Béring aux Iles de la Sonde…

Je me suis embarqué pour *Deux ans de Vacances*,
Fait le tour de la terre à bord du *Nautilus*,
J'ai survolé la lune, aboli les distances
Avec *Michel Strogoff* dans l'immensité russe !

Aucun de mes chagrins ne pouvait résister
Lorsque je m'évadais vers ces lointains rivages
Où l'immense écrivain me faisait accoster
Au milieu des tam-tams des peuplades sauvages…

…/…

J'avais souvent du mal à refermer le livre
Quand j'étais pris au jeu des belles aventures,
Et le sommeil tardait lorsque je croyais vivre
Les affres du roulis du haut de la mâture!

Aujourd'hui bien souvent je lis encore ces pages
Et me laisse bercer aux vagues de mes rêves,
Je redeviens enfant et j'en oublie mon âge,
En écoutant chanter le ressac sur les grèves…

(Ecrit à Peyrolles-en-Provence le 22 février 2005, en hommage à Jules Verne dont j'ai toujours été un fervent lecteur).

SAISONS

Dans le froid ténébreux des longues nuits d'hiver
S'installent lentement les prémisces sévères
D'une nouvelle année ; une métamorphose
Peu à peu s'accomplit au fond des chrysalides
Que la trame des jours de glace consolide,
Tendant vers la lumière une intention grandiose…

La jeunesse soudain explose et se répand
Dans tout le chatoiement des rêves en suspens,
Le printemps se déchaîne en débauches fécondes,
Il danse dans les prés et les vallées fleuries,
Chante avec les oiseaux, il exulte et il rit,
Et il mord dans la vie seconde après seconde !

Puis arrive l'été dans la force de l'âge,
Qui parfois prend les airs d'une femme volage,
Il recueille souvent bien des serments d'amour,
Il joue à l'éternel en traînant ses longs jours,
Les promesses pour lui riment avec toujours,
Berçant les illusions de sa voix de velours…

…/…

Et puis un beau matin, ainsi qu'un cheveu gris,
Le petit goût amer des souvenirs aigris
Se pose doucement comme une feuille morte;
La nature s'inquiète aux premières gelées,
S'envole l'hirondelle au soleil rappelée,
Et de nouveau la nuit rassemble ses cohortes.

L'année vient expirer dans l'ombre des tempêtes,
On veut faire semblant dans les dernières fêtes
Mais on sait bien pourtant que l'on n'y croit plus guère;
Les cloches cependant chantent le nouvel an,
On s'arc-boute à l'instant comme on prend un élan
Pour surprendre l'hiver, et c'est déjà naguère.

Ainsi va notre vie, engendrée dans la nuit,
Qui doucement mûrit, croît et s'épanouit
Au fil ténu des jours, des mois et des saisons;
On se croit immortel, et peut-être l'est-on,
Et dans l'incertitude on avance à tâtons
Vers l'espoir prodigieux qui point à l'horizon…

(Ecrit à Peyrolles-en-Provence le 23 février 2005, ce poème qui met en parallèle, très classiquement, la vie et les saisons de l'année, exprime surtout un immense espoir d'éternité).

PRÉSENCE

Qui donc a dit que Dieu brillait par son absence?
Je ne vois pour ma part que Sa toute-puissance:
Dans le souffle du vent et la voix des saisons
Dans le foisonnement secret des floraisons,
Dans l'émerveillement des yeux du nouveau-né
Et l'incompréhension d'un regard étonné;
Je Le vois dans la mer, les bois et les nuages,
Dans la paix d'un matin, la fureur des orages,
Dans l'espace infini des galaxies lointaines,
Et dans l'inattendu des heures incertaines;
Parmi les grains de sable et les neiges des cimes,
Dans les doux yeux d'un chien et l'amour qu'ils
expriment,
Et je Le vois aussi dans la peine et le deuil,
Comme un dernier recours à l'ombre du cercueil.
Il emplit l'univers de Son omniprésence
Et le couvre des dons de Sa munificence.

(Ecrit à Peyrolles-en-Provence le 24 février 2005 à la gloire de la Providence, où et quelle qu'Elle soit...).

MON VIEUX PAYS DE FRANCE

Il regarde au couchant les horizons lointains,
Relevant son menton têtu,
Mon vieux pays de France au visage hautain,
Drapé d'orgueil et de vertu…
Adossé aux remparts des Alpes et du Rhin
Il étend ses plaines fertiles
Bercées de chemins creux et de fleuves sereins
Sans débordements inutiles.
Les climats de l'Europe entière s'y côtoient,
Elle a des airs d'Andalousie
Accrochés aux manteaux de neige sur les toits,
La fournaise et les jours transis.
Les rivages bleutés de Méditerranée
Héritiers des cités antiques,
Dans le creuset des peuples basanés
Au contact du monde atlantique
Ont fait une nation riche de différences,
Des Gueules Noires des corons
Aux rudes Savoyards, des bergers de Provence
Aux audacieux marins bretons.
Son peuple industrieux malgré son air frivole
A écrit des pages de gloire
Depuis le preux Roland jusqu'à la Carmagnole
Sur le front ridé de l'histoire.

.../...

Il a montré la route aux peuples de la terre
Sous l'étendard des hommes libres,
Le sang de Spartacus coule dans ses artères,
Son cœur est fait des mêmes fibres !
Notre sol aux confins du monde occidental
A vu passer la terre entière,
Et venir s'y briser les invasions brutales
Pour y remplir nos cimetières !
Mais il a su aussi, d'un geste fraternel,
Soulager un peu la misère
En partageant le pain, sans discours solennels,
Avec une grandeur princière.
Et si mon vieux pays parle aujourd'hui moins fort,
Si ses drapeaux claquent moins haut,
Sa porte s'ouvre encor quand il fait froid dehors
Pour que l'opprimé dorme au chaud.

(Poème « patriotique » écrit à Peyrolles-en-Provence le 26 février 2005).

LE LOUP

J'ai vu se profiler sa silhouette grise
Un matin de janvier sur fond d'incertitude,
Du givre saupoudrait ces hautes solitudes
Tendrement soulevé par une douce brise.

Nous avons échangé un long regard surpris,
Ses grands yeux clairs brillaient d'une lueur sauvage,
Une vague inquiétude hérissait son pelage
Tandis qu'il m'observait sous le ciel assombri.

Une fascination presque surnaturelle
Me figeait sous l'éclat du feu de ses prunelles,
J'avais soudain franchi des siècles en arrière…

Alors il a bondi avec agilité
Et il a disparu derrière une lisière
Emportant avec lui un vent de liberté…

(Inspiré par une rencontre avec un loup au cours d'une randonnée à VTT dans les montagnes asturiennes. Ecrit à Peyrolles-en-Provence le 27 février 2005).

GLOIRE AUX HUMBLES !

On dit que le soleil brille pour tout le monde,
Mais je ne suis pas sûr que sous l'ombre profonde
Des grands arbres au front couronné de lumière,
Ses généreux rayons réchauffent la chaumière
Ou le petit buisson végétant à leur pied...
Le malheureux, l'exclus, le pauvre, l'oublié
Auront bien de la peine à profiter de l'astre,
Eux, que la nuit obscure habille de désastres ;
Ceux que l'on a laissés sur le bord du chemin,
Egarés au hasard des jours sans lendemains,
Regardent tristement s'éloigner le convoi
Des nantis et des forts sur l'incertaine voie
D'un improbable espoir sur fond de solitude.
Le puissant, volontiers plein de sollicitude,
Se rassure et se fait une bonne conscience
Et, charitablement il exhorte à patience
En promettant parfois de lointains Paradis
Au-delà de ce monde au peuple des maudits.
Je veux bien croire aussi en ce bonheur suprême,
Mais Dieu n'interdit pas que l'on fasse quand même
Le bonheur sur la terre en attendant le Ciel.

.../...

Il n'est pas interdit de rêver d'arc-en-ciel
Lorsque frappe la foudre et gronde le tonnerre,
Dieu ne nous a pas dit d'aimer le tortionnaire,
Il nous a seulement dit de lui pardonner...
En ouvrant notre porte, apprenons à donner,
Ne courtisons pas trop la puissance et la gloire,
Conquises bien souvent sur d'amères victoires,
Et s'il est juste et bon d'être compatissant,
Cela ne suffit pas aux yeux du Tout-Puissant :
Partageons notre pain, et poussons-nous un peu
Afin que tout le monde ait un coin de ciel bleu,
Et les humbles soudain redresseront la tête
Dans le scintillement des étoiles en fête !

(Peyrolles-en-Provence, le 4 mars 2005).

AU FIL DE L'EAU

Chante, la petite source,
Et va chercher dans ta course
Entre rochers et gazon
L'horizon.

Danse, gentil ruisselet,
Donne à boire aux agnelets
Par les bois et les alpages,
Rafraîchis le vin léger
Que te confie le berger
A l'abri des frais ombrages.

Danse de gorge en cascade,
Torrent, saute en cavalcade
Et bondis en te sauvant
Dans le vent!

.../...

Descends, rivière insolente,
Tour à tour rapide et lente,
Creuse les vallées profondes
Et déplace les montagnes !
Apporte dans les campagnes
Les échos des chants du monde.

Règne enfin, fleuve tranquille,
A travers plaines et villes,
Puis noie ta gloire éphémère
Dans la mer…

(Poème écrit le 4 mars 2005 à Peyrolles-en-Provence).

TRANSHUMANCES

Certains jours de l'année d'étranges transhumances
Partent en rangs serrés sur les routes de France
En quête de lointains et brillants pâturages
De neige ou de soleil, de cimes ou de plages.
En cortèges ronflants, fumants et hoquetants,
Elles traînent le long d'un voyage éreintant
Des sillages d'asphalte et suivent la houlette
D'immobiles pasteurs en curieuse toilette
De panneaux, de signaux et de feux tricolores
Sous le regard glacial d'implacables pandores
Qu'on leur a désignés comme chiens de berger !
Ces drailles bitumées, par leur masse engorgées,
Retentissent de singuliers barrissements
Gueulés par des poitrails métalliques déments
Que d'impatients cornacs fouaillent et injurient !
Dans un joyeux foutoir cette ménagerie
S'installe un beau matin sur son coin de pacage,
Puis, quelques jours plus tard s'en retourne à sa cage,
Et la vie continue au rythme des vacances
Qui conduisent le train des grandes transhumances…

(Peyrolles-en-Provence, le 7 mars 2005)

ERRANCES

J'aime voir le soleil sur de nouveaux matins
Caresser la courbe bleue des horizons incertains,
Me lever chaque jour devant un ciel neuf,
Franchir les océans et les monts, et les fleuves !

Ainsi je suis allé sur les fjords de Norvège
Voir les trolls facétieux se rouler dans la neige,
Et poursuivant mon chemin vers la lointaine Thulé,
J'ai débarqué sur les grèves désolées
Du pays des sagas qu'on appelle l'Islande.
Par delà ces terres de légendes,
Je suis allé m'allonger au pied des pyramides
Bercé par le Nil aux aurores splendides.
Je me suis reposé sur les bords tranquilles
Des lacs bavarois aux eaux immobiles,
Avant de partir dans l'ombreux dédale
Du pays de Minos dans des gorges abyssales.

.../...

Et puis j'ai planté ma tente sur l'herbe mélancolique
Des prairies celtiques
Que la harpe irlandaise à l'étrange musique doucement ensorcelle…
Mais d'un bond sur l'océan j'ai poursuivi mon errance, et au pied de l'Atlas j'ai posé ma nacelle,
Alors
J'ai rebondi un peu plus au nord
Vers les cimes escarpées des rudes Asturies,
J'ai aussi posé mes pas sur les traces des pèlerins, en spirituelle musarderie,
De Saint-Jacques et de Rome…

Et l'arôme
De tous ces sentiers, de tous ces chemins baignés de lumière et de souvenirs m'invitent toujours à repartir sans fin
Jusqu'au bout de ma vie à travers les contrées des terrestres confins…

(Ecrit à Peyrolles-en-Provence le 10 mars 2005, ce poème célèbre mon goût pour les voyages...).

CHIEN ET CHAT

Tu es bon et fidèle et droit : tu es le chien ;
Tu es fier et distant et doux: tu es le chat.
Tu passes comme une ombre et disparais, le chat,
Tu bondis en jappant et tu danses, le chien !

Tu veilles sur ton maître et seigneur, toi le chien,
Tu es le dieu furtif du logis, toi le chat ;
Tu attends tout de nous patiemment, brave chien ;
Qu'attends-tu donc de nous gravement, brave chat ?

Tu peux donner ta vie simplement, noble chien ;
Tu donnes ton amour sans fracas, noble chat.
Qui t'a fait suivre un jour notre route, le chien ?

Et qui t'a fait croiser notre route, le chat ?
Tu es l'ange gardien de notre vie, bon chien,
Tu es notre conscience et notre paix, beau chat.

(Ecrit à Peyrolles-en-Provence le 16 mars 2005).

À NOS DESCENDANTS

A présent, devant nous c'est l'immortalité
Qui étend le ruban de son infinité
A travers le regard nouveau
Que nos petits-enfants ont ouvert sur ce monde
Et qui met dans nos cœurs l'allégresse profonde
De vivre au-delà du caveau !

Dans les yeux d'Anaïs se posera notre âme
Et elle brillera comme une claire flamme
Pour tous les siècles à venir,
Et nous regarderons le monde à sa façon
Bien au-delà du temps des futures moissons,
Quand nous serons des souvenirs…

Le tambour victorieux du cœur de Matéo
Nous accompagnera aux côtés du Très-Haut
Durant toute l'éternité ;
Nous serons ses remparts et ses anges gardiens
Tout au long de sa vie, sa force et son soutien,
Son invulnérabilité !

.../...

Et puis d'autres viendront, un beau jour sur la terre,
Qui seront les garants et les dépositaires
De ce que nous aurons été ;
Notre sang survivra dans le sang de nos fils
Jusqu'à la fin des temps, dans le feu d'artifice
Au couchant du dernier été !

(Ce poème, écrit à Peyrolles-en-Provence le 22 mars 2005, est un chant à nos petits-enfants actuels et à venir, et à notre descendance en général...).

ÉCRITURE AUTOMATIQUE

Le vent et le soleil jouent dans les vieux cyprès alignés fièrement comme des fantassins

Dressant un front hardi aux assauts des saisons qui viennent se briser sur leur indifférence

J'écoute les oiseaux bavarder le matin en buvant la rosée qui perle sur les feuilles dans le matutinal silence

Il n'y a pas de jour sans que chante la vie sans que chaque seconde entonne le magnificat qui se moque du temps assassin

Sans que chaque seconde célèbre sa disparition en clamant l'espérance en un nouvel instant

Et chaque jour qui passe entre les vieux cyprès où le vent et la pluie et le soleil s'amusent

Chaque jour est un hymne éternel qui résonne en scandant le bonheur d'être simplement là dans la douce clarté d'une lueur diffuse

D'être là pour toujours comme maître du temps

D'être aussi bien le vent l'oiseau ou le cyprès

Etre surtout la vie le bonheur et l'espoir et savourer l'instant comme une bonne bière comme s'il ne devait jamais y avoir un après

(Peyrolles-en-Provence, le 25 mars 2005 ; écrit au fil de l'idée...)

LES SENTIERS DU CONNEMARA

Nous avons écouté dans le Connemara
Le vent qui composait sous un ciel d'apparât
En jouant de la harpe un concerto tragique
Au-dessus des brouillards de la lande celtique.
Les bruyères en fleurs et les noires tourbières
Se glissaient tour à tour dans l'ombre et la lumière
Tandis que nous cherchions entre deux éclaircies
Le furtif réconfort d'un soleil indécis ;
Et la pluie s'étendait sur les verts paysages
Comme un voile d'oubli sur un ancien visage…

(Peyrolles-en-Provence, le 26 mars 2005)

PENN AR BED

Le long des chemins creux bordés de vieilles pierres,
De haies enchevêtrées de ronces et de lierre,
Ou contre le granit d'une croix solitaire,
J'aime écouter chanter le vent du Finisterre…

Cheminant aujourd'hui le long du littoral
Sous un ciel gris de plomb parmi les cris des râles,
Je m'avance, pensif, sous la pluie matinale
Entre les spectres flous d'ombres subliminales.

Et je vois défiler des scènes fantastiques,
Danser les korrigans sur des blocs erratiques
Et les druides chantant un refrain liturgique
Disparaître au couvert d'une forêt magique;

J'entends grincer l'essieu du *Karrig an Ankou*
Escorté par *Ki Du*, et je vois tout à coup,
Au détour du sentier se dresser devant nous,
A travers le brouillard, le phare du Minou…

(Ecrit le 10 avril 2005 sur la plage du Minou, près de Brest. « Penn ar Bed » signifie « Le Bout du Monde » en breton et c'est le nom du département du Finisterre dans cette langue. Le « Karrig an Ankou » est le Chariot de la Mort dans les légendes armoricaines – et celtes en général – et « Ki Du » serait le nom du chien du Diable... C'est aussi le nom de mon chien qui m'accompagnait ce jour-là !).

LA GRISE PLUIE DE BREST…

La pluie obstinément gomme le paysage
Derrière le rideau de sa désespérance
Et charrie son ennui le long des vieux rivages
Qu'elle noie sous les pleurs de son indifférence.
Quelques passants furtifs glissent comme des ombres
Dans la mélancolie tenace des rues sombres
Sous un ciel de misère, abandonné de Dieu,
Tandis que de la mer parviennent des senteurs
D'algues et de marées escortées de langueur,
Emportées par le vent comme en un cri d'adieu…

Il pèse sur la ville un étrange silence,
On n'entend même plus les cris des goélands
Qui, tout à l'heure encor, braillaient leur insolence
Par dessus le refrain du ressac indolent,
Et le ciel disparaît au-dessus de l'ardoise
Qui couvre les toits gris de la côte d'Iroise ;
Le temps s'évanouit aussi sous le linceul
Glacé qu'étend la pluie sur la ville engourdie ;
Prisonnier de l'instant, soudain je me sens seul,
Perdu dans la cité aux rumeurs assourdies.

…/…

On ne voit plus personne, on croise des chimères
Et il traîne dans l'air de funestes présages ;
En déversant le flot de ses larmes amères,
La grise pluie de Brest efface les visages…

(Ecrit à Brest le 13 avril 2005).

LE NOUVEAU-NÉ

Le regard mi-clos,
Un vague sourire
Sur sa bouche éclôt,
Efface un sanglot...

A quoi penses-tu,
Que voudrais-tu dire
Sous ton front têtu
Et tes joues dodues ?

Quels drôles de rêves
Peuplent ton sommeil
Lorsque tu achèves
Ta veille si brève ?

Qu'évoquent pour toi
L'ombre et le soleil
Qui jouent sur tes doigts
Comme feux de joie ?

.../...

Quelles sont tes peurs
Qu'apaise ta mère
En séchant tes pleurs,
Blotti sur son cœur ?

Et je m'émerveille
Devant le mystère
Où Dieu seul surveille
L'âme qui s'éveille…

(Ecrit à Brest le 15 avril 2005, en regardant dormir mon petit-fils Matéo).

VIRELAI POUR LA VIE

Dansez dans les bois fleuris,
Ondines et gais lutins,
Dans le soleil du matin
Et les perles de rosée,
Chantez la vie qui sourit !

Va-nu-pieds et paladins,
Bas de laine ou de satin,
Allez donc vous amuser,
Dansez dans les prés fleuris !

Mécréants et sacristains,
Pures vierges et catins,
Foulez les Champs-Elysées,
Chantez la vie qui sourit !

Poètes et baladins,
Perdez-en votre latin,
Invitez votre Muse, et
Dansez dans les bois fleuris !

.../...

Lapins, écureuils mutins,
Nobles cerfs au front hautain,
Chouettes et renards rusés,
Chantez la vie qui sourit !

Séraphins et diablotins,
Le Bon Dieu donne un festin,
En satyres déguisés,
Dansez dans les bois fleuris !

(Brest, le 16 avril 2005).

COMPLAINTE DE L'OCÉAN

J'ai vu éclore la vie
Dans la soupe primitive,
Et s'extasient sur mes rives
Encor bien des yeux ravis,
Tandis que passent les mouettes
Sur d'exquises silhouettes…

Et je parle de voyages
A l'oreille des enfants
Dans une conque d'argent
Ramassée sur mon rivage,
Je leur conte les histoires
De ma lointaine mémoire.

Des histoires merveilleuses
De flibuste et de corsaires,
De fantômes, de mystères,
De tempêtes prodigieuses
Et de tragiques naufrages
Sur d'hostiles atterrages…

…/…

Mais je chante aussi le vent
Qui fait se gonfler les voiles
Et danser sous les étoiles
En cadence les gréements ;
Je chante aussi l'aventure
Du monde et de la nature.

Ma complainte est dans la vague
Qui s'inquiète pour demain
Qu'assassinent les humains
Et leur raison qui divague,
Car je n'ai d'éternité
Que l'espoir d'un ciel d'été…

(Ecrit à Argenton près de Landunvez, bar de l'Océan, le 17 avril 2005).

L'ORAGE

L'instant d'abord retient son souffle
Tandis qu'un front sombre s'avance,
Et la nature s'emmitoufle
Dans le manteau d'un grand silence…

Puis l'air fraîchit, les feuilles bruissent,
Quelque chose frémit dans l'ombre,
Un coup de vent soudain se glisse
Dans les plis d'un ciel de décombres.

Il enfle et fait la grosse voix,
Suivi par de noires cohortes,
Hurlant, il leur ouvre la voie :
Bonnes gens, fermez votre porte !

Puis il se tait. De grosses gouttes,
Une à une tombent d'abord
Et s'écrasent le long des routes,
Gonflent les vagues dans le port…

Tout à coup la pluie diluvienne
S'abat sur les toits des maisons,
Dans un flamboiement de Géhenne,
Les éclairs crèvent l'horizon.

…/…

Une sarabande infernale
Danse un ballet assourdissant,
Mais soudain, dans l'ombre spectrale,
Tonne la voix du Tout-Puissant :

Sur les divines avenues,
Ebranlant la voûte des cieux,
On entend par-dessus les nues
Gronder le Tonnerre de Dieu !

(Ecrit à Brest le 18 avril 2005).

VOCALISES

« Ah ! Donnez-moi le la,
Clame en chantant le A,
Car je suis un peu là
Malgré mon air béat,
Et pas de tralala,
Chantons Alléluia !

Eh, va donc, prétentieux !
Se rebiffe le E,
Je suis bien plus nombreux !
Même muet, je peux
Me montrer où je veux :
Ferme-la donc un peu ! »

Il a l'air bien gentil
Sous son point rond le I,
Il sourit, tout ravi
Comme un béni-oui-oui,
Et de peur qu'on l'oublie,
Porte deux points aussi !

.../...

« On me confond bien trop
Avecques le zéro,
Dit tout penaud le O,
Et j'ai souvent bon dos
De porter ce fardeau,
Je suis pourtant si beau !

Un peu tombé des nues,
Se lamente le U,
J'ai l'air un peu perdu,
Nu, battu et cocu,
De passer pour glandu
Ou pour un trou-du-cul ! »

Y a-t-il plus grotesque
Que l'hypocrite Y ?
Rat de bibliothèque,
Il a l'air docte et sec,
On dirait un évêque
Célébrant des obsèques…
Mais quel drôle de mec !

(Petit divertissement sur les voyelles, écrit à Brest le 19 avril 2005).

DESPEDIDAS

Nous allons repartir
Vers nos terres arides,
Emportant un peu plus de rides
En devenir…
Mais nous emportons surtout
Vos sourires avec nous,
Et au fond de nos bagages
Une provision de tendresse,
L'éclat de votre jeunesse
Qui chante sur les nuages.

Le doux souvenir de votre visage
Brillera
Et demain nous sourira…

Comme un heureux présage
Quand les soirs de mauvaise rancœur
Assombriront nos cœurs.

…/…

Et nous verrons briller
Les grands yeux clairs
D'Anaïs, et frétiller
Les pieds de son petit frère!

Bonne route à vous tous,
Que la vie vous soit douce,
Et gardez pour nous deux
De vos pensées, un peu...

(Brest, le 20 avril 2005; le titre espagnol « Despedidas » signifie « adieux ».

POUR VIVRE DIX MILLE ANS

Je regarde passer les jours et les semaines,
Oubliant les années qui passent,
Porté par des rêves d'espace
Sans jamais savoir où le vent me mène.
Vers l'horizon lointain je suis ma bonne étoile
Le long des jours heureux où j'ai mis à la voile
En laissant le vieil homme endormi sur la grève
Aux récifs d'amertume assassins d'espérance
Où, si l'on n'y prend garde, on enterre ses rêves…
Je veux un regard d'innocence
Sur la trame de mon destin,
Et croire envers et contre tout
Que se lèvera le matin
Immortel et glorieux, et que j'irai partout
Où j'aurai décidé de porter mon regard.
J'ai des projets pour plusieurs vies
Et bien des rêves à l'envi :
Pour moi, il n'est jamais trop tard.
Mes projets sont ma force et mon eau de jouvence,
Ils me font cheminer sur la route incertaine
Quand le doute s'installe et que la peur m'entraîne
Sur les voies sans issue où l'angoisse s'avance,
Lorsque chaque seconde approche pas à pas
Vers le trépas…

…/…

Et si dans le miroir mon visage a vieilli,
Si je vois se creuser des rides,
Mon regard, lui, n'a pas failli
Et défie les hivers de sa lueur candide ;
J'ai perdu aussi un peu de cheveux,
Emportés par les coups de vieux,
Mais j'ai gardé un cœur
Vainqueur,
Et dans mes veines coule encore
La confiance dans l'avenir,
Mon rêve me soutient lorsque faiblit le corps,
Mes projets repoussent la mort,
Et je les préfère à mes souvenirs…

(Ecrit à Brest le 21 avril 2005)

MICKEY-LE-BRAVE

Je suis venu chercher
Sur les bords de la Loire
Où il aimait pêcher
Un peu de sa mémoire…

Il me semble encore
Voir sur la levée,
Au-dessus de ce calme décor,
Comme un songe inachevé
Passer sa silhouette
Sous sa casquette
Cachant ses cheveux d'argent.
Il semblait indestructible
Et fort comme un géant,
Dur et terrible,
Mais il était surtout indulgent
A celui qui malgré ses faiblesses
Montrait au cœur quelque noblesse.

…/…

Et soudainement
Il a disparu
Comme il a vécu :
Bravement.

Et le vent chante encor sur les bords de la Loire
Son histoire et son nom pour sa plus grande gloire,
Et même les poissons pensent ne point rêver
En croyant voir son ombre errer sur la levée…

(Mickey était le surnom d'André Pouvesle, mon beau-père. On lui avait donné ce surnom dans sa jeunesse pour je ne sais quelle obscure raison, et peut-être était-ce aussi son nom de guerre dans la Résistance qu'il avait menée de fort brillante façon. Il n'en parlait guère, mais je le sais par la bouche de son ancien chef de réseau, rencontré un jour du côté de Blois, qui m'a dit alors que Mickey avait eu l'honneur d'entendre les balles siffler bien près de ses oreilles... Il paraîtrait aussi que quelques soldats allemands ne sont jamais rentrés au Vaterland car ils avaient eu le malheur de croiser la route du terrible Mickey. Paix à leur âme. Ecrit à Herbilly, Loir-et-Cher, le 22 avril 2005).

PRIÈRE

Seigneur, bénis ce nouveau jour qui se présente ce matin, et fasse qu'il brille d'amour au soleil de notre destin ;

daigne nous accorder le pain et commande à Tes chérubins de chanter pour nous Tes louanges quand de blé regorgent nos granges ;

épargne à nos proches la peine et donne-leur force et courage lorsque la tempête fait rage et que le doute les entraîne ;

garde-nous des joies dérisoires de la puissance et de la gloire et des vanités de ce monde qu'emporte au vent chaque seconde.

Pardonne-moi, Seigneur, mes nombreuses faiblesses ainsi qu'à tous les miens dans Ta grande largesse ;

et si Tu as écrit que je ne devais point voir la fin de ce jour, emporte-moi au loin, et dans Ton paradis et ses vallées fertiles donne-moi pour toujours la paix. Ainsi soit-il.

(Ecrit à Peyrolles, le 24 avril 2005).

PREMIER MAI

Fleurit le joli muguet
Sous le grand soleil de mai,
Et dansent les regards gais
Sur les visages aimés!
Chantent les petits oiseaux
Et bourdonnent les abeilles,
Sur la terre et sur les eaux
Eclosent mille merveilles,
Et le vent chante la vie.
Volent les robes légères
Quand la fête nous convie,
Les princes et les bergères
Ont du soleil dans les yeux!
Vive le printemps nouveau
Qui resplendit sous les cieux
Et court par monts et par vaux
Sur les traces du bonheur;
Que se déploient les drapeaux,
Et qu'importe leurs couleurs,
Rêvons: nous avons campos!

(Ecrit à Peyrolles le 1er mai 2005, inspiré par le temps magnifique qu'il faisait ce jour-là!).

BIVOUACS SOUS LES ÉTOILES

Attablés au silence, au flanc de la planète,
Sous le regard du firmament,
Nous voyons onduler les cheveux des comètes
Au gré des vagues et du vent…

Nous buvons au goulot le nectar de la vie
Et dévorons à belles dents
L'immortelle jeunesse aux jeux inassouvis
Au clair d'un éternel printemps.

Nous chantons et rions au nez du temps qui passe
Et nous dansons sur nos années,
Souriant à la mort qui nous suit à la trace
En lui faisant un pied-de-nez !

Le temps suspend un peu son cours inexorable
A la chaleur du feu de camp,
Il y brûle son aile, et les cornes du Diable
S'enfuient devant nos yeux d'enfants ;

Et les flammes qui jouent avec ombre et lumière
Sur nos rêves primesautiers,
Eclairent le chemin de notre vie entière
Au grand soleil de l'amitié.

(Ecrit le 11 mai 2005 à La Palud-sur-Verdon après un très beau bivouac au-dessus des gorges, ce poème est dédié à tous ceux et toutes celles qui au cours de nos escapades diverses, m'ont aidé à garder une âme d'adolescent...).

SURSUM CORDA !

Le soleil éclatant qui brûle nos collines
Brille aussi dans mon cœur d'une clarté câline,
Il darde ses rayons comme des javelines
Eclairant mon chemin de splendeurs cristallines.
Le ciel céruléen déploie son étendard
Que je suis sur des voies d'ombres et de hasard ;
Je bois dans chaque instant un délicieux nectar
Et m'emportent les jours comme un air de guitare…
Le vent léger du soir berce le temps qui passe
Dans le foisonnement des instants qui s'effacent,
Envolés pour toujours et sans laisser de traces,
Hormis les souvenirs que les rêves pourchassent.
Lorsque survient la nuit, sur un croissant de lune
De douces illusions s'allument une à une
Où chaque étoile montre un chemin de fortune,
Et je m'en vais au gré d'errances opportunes.
Quand l'aurore à nouveau se lève sur ma route
Je nargue d'un regard mes craintes et mes doutes
Et j'avance confiant vers d'ultimes redoutes
Balayant les regrets qui s'enfuient en déroute.

(Peyrolles-en-provence, le 29 mai 2005).

QUI M'AIME ME SUIVE !

Quel est donc cet air de déjà-vu
Que je vois surgir des sentiers battus
Par-delà le temps et les années perdues ?

En regardant briller le regard des enfants
Je vois briller aussi des matins triomphants ;
Je sens couler en moi une sève vermeille
Et un nouveau printemps éclore au grand soleil
Lorsque danse gaiement le feu de l'amitié
Qui m'éclaire le long du sentier…
Tous les amis qui m'accompagnent
Par les vallées et les montagnes
Versent l'élixir d'éternelle jeunesse
Dans le calice d'or de l'allégresse.
Grâce à leur sourire radieux,
Les instants délicieux
S'impriment à jamais sur le front du présent
Tandis que je m'en vais dans le jour faiblissant…

…/…

En côtoyant ainsi tant de jeunes visages,
En me frottant à tous les âges,
J'avancerai avec courage
Vers les hâvres lointains de l'hiver de ma vie.

Et lorsque m'abattront les funestes nervis,
Je sourirai encore en pensant à tous ceux
Qui ne m'oublieront pas quand je serai aux cieux.

(Ecrit à Peyrolles-en-Provence le 31 mai 2005).

ÉVANESCENCE

J'aime voir passer une ombre féline
Dans le clair-obscur d'une fin d'été
Et que, subtil, effleure mes narines
Un doux parfum par la brise emporté.

J'aime voir aussi, couchés sur les plages,
Vêtus seulement d'un peu de soleil,
Les corps alanguis de beautés sauvages
Et rêver encor quand vient le sommeil.

J'aime voir tomber en folles cascades
Les cheveux soyeux de blondes naïades,
Me laisser bercer aux chants des sirènes
Quitte à naufrager au fond de ma peine…

J'aime que me frôle une main furtive
En buvant un pot sur une terrasse,
La complicité d'un instant de grâce
Et d'un sourire l'ombre fugitive.

J'aime admirer la courbe d'une hanche,
Ou me noyer dans un regard fripon,
Et voir musarder dans les clairs dimanches
Un coin de ciel bleu sous un blanc jupon…

(Ecrit à Peyrolles-en-Provence le 1er juin 2005).

J'AI DANSE AVEC LE DIABLE

J'ai croisé sur ma route une ombre séduisante
Et je lui ai souri avec ingénuité,
Elle m'a répondu d'une voix envoûtante
Et autour de moi tout s'est arrêté…
J'ai tendu la main à un sortilège
Et je suis tombé devant un mirage;
Je n'ai pas compris quel était le piège
Où me conduisait mon vagabondage…
Le Diable m'a souri gentiment
Et j'ai dansé un peu avec lui:
Juste Dieu, que le Diable est joli,
Que le Diable est joli quand il chante gaiement!

J'ai écouté la voix mortelle des sirènes
Et j'ai posé ma lèvre au dangereux calice
Pour goûter l'âpre miel dont les rêves s'éprennent
Et sombrer au fond de traîtres délices…
Mais au bord du vertigineux abîme,
L'âme dressée d'un élan surhumain,
S'est élevée sur des à-pics sublimes
Où j'ai livré un combat incertain…
Et le Diable riait doucement
Et je dansais encore avec lui;
Mais, mon Dieu, que le Diable est joli
Quand il sourit ainsi, que le Diable est charmant!

…/…

Aujourd'hui, fièrement, j'ai planté ma victoire
Ainsi qu'un étendard sur des ruines fumantes,
Mais les ruines sont là : où se trouve la gloire ?
J'avance à présent sur des eaux dormantes
Dans l'épais brouillard de l'incertitude ;
Que Dieu me conduise au bout du voyage,
Me guide à travers ses vicissitudes
Et me garde enfin d'y faire naufrage !
Mais le Diable sourit tendrement,
Je ne veux plus danser avec lui,
Car, Grand Dieu, que le Diable est joli,
Que le Diable est joli quand il rit gentiment !...

(Ecrit à Peyrolles-en-Provence le 8 juin 2005. « Seigneur, ne nous soumets pas à la tentation »).

LA BALLADE DE L'AMNÉSIQUE

Où sont passées mes lunettes ?
Flûte ! Saperlipopette !
Mais où donc ai-je la tête ?
Quel farfadet facétieux
M'a caché mes doubles yeux ?
Mais qu'ai-je fait au Bon Dieu !

Et ce maudit téléphone,
Où est-il Sainte Madone !
Prions le Seigneur qu'il sonne…
Mais je l'ai laissé éteint,
C'est bien parti, ce matin,
Grand Dieu, que je suis crétin !

Qu'est-ce que j'ai fait de mes clés ?
Je vais devenir cinglé !
Je dois bientôt m'en aller,
Qui donc me les a cachées ?
Où se sont-elles nichées ?
Aidez-moi à les chercher !

.../...

Et cette lettre à poster,
Est-ce que je l'aurais jetée
Par quelque légèreté ?
Vite, il me faut un coupable :
Qu'on le pende, qu'on l'accable,
Et que l'emporte le Diable !

Mais combien te reste-t-il
De neurones, imbécile !
D'ici peu c'est à l'asile
Que tu vas finir tes jours…
Dieu me garde ! Au secours !
Je suis perdu sans recours !

Que l'on fouille la maison
Pour retrouver ma raison !
Soulevez le paillasson,
Videz toutes les armoires
Ainsi que tous les tiroirs :
Retrouvez-moi la mémoire !

(Ecrit à Peyrolles-en-Provence le 11 juin 2005 à la gloire de mon incurable distraction !)

ENTRELACS

Les rochers sont déserts où hurle la bouée
Quand des nuages gris le cours inexorable,
Sur les rayons figés jusque dans les nuées,
Evoquent ces instants d'un présent périssable;
Et la nuit tombe et la ville s'étend…

Mais je n'atteindrai pas cet air d'être si vieux,
Et qui rallumera ces espoirs hésitants
Quand sur le sable gris, l'espace d'un adieu,
J'aperçois des lueurs dans le soir fulgurant?
Mais la nuit tombe et la ville s'étend…

Or, déjà le sommeil au détour d'une rue,
Arrivera peut-être au rythme languissant
De cette roche aride à jamais révolue
Dont s'éteint le visage au carrefour du temps,
Quand la nuit tombe et la ville s'étend…

Dressée face à la mer, c'est la mélancolie
Que crachent ces trains noirs où brillait mon destin,
Mais j'ai sauté en marche au milieu de ma nuit,
Et s'étirent les jours dans le couchant serein…
Aussi, dans ma rancœur, sur ces feux pélagiques,
Rayonnent à jamais des reflets sporadiques!…

* * *

Le long des jours heureux nous allons repartir,
Et je vois défiler dans l'ombre et la lumière
Le vent et le soleil baignés de souvenirs,
Et puis d'autres viendront le long des croix de pierre
En quête de lointains, incertains paradis
Vers l'espoir prodigieux aux rumeurs assourdies.

Rêvant au vent d'été à même la planète,
Bien des jours de soleil où l'âme se repose,
Tout au long du chemin, dans l'ombre des tempêtes,
C'est la voie du bonheur que je couvre de roses.
Et les flammes qui jouent passent comme des rêves,
Et le vent chante encore, endormi sur la grève...

(Ce poème curieux un peu surréaliste, est formé de moitiés de vers prises dans un savant désordre dans un grand nombre de mes poèmes avec, de-ci de-là, quelques arrangements. La première partie est tirée de mes poèmes de jeunesse, la seconde de ceux écrits à mon âge mûr. Il a donc été réalisé à Marseille en mars 1970 d'une part, et à Peyrolles-en-Provence le 16 mai 2005 d'autre part.)

Albert THÉRY

Cante Leu

Poésie

Que ma langue soit vraie – ni meilleure ni pire –
L'accuserait-on de manquer de fantaisie,
D'optimisme, qu'elle sonne juste ma lyre !
Qu'elle ne mente pas, du moins, ma poésie !...

Elle apparut sans doute, un beau jour, sur Cythère
– Cette Île de la passion –
Et souligne, en prenant le parti de s'y taire,
Nos manques d'inclination ...
Certains la voient partout, quand d'autres vous assurent
Ne l'avoir jamais aperçue...
Tous ont raison peut-être, et ce qui me rassure,
C'est qu'elle existe à notre insu.
D'aucuns en doutent, la redoutent, la décrivent
Comme « une vipère cornue »...
Ils en médisent, la méprisent, la « mécrivent »,
Hurlent au loup sans retenue.
Ne leur serait-elle, vaine, qu'un état d'âme,
Tout juste une vue de l'esprit,
Que vous m'inspireriez continûment, Mesdames,
Muses qui m'avez tout appris !
La poésie, que ces gens croient imaginaire,
Nous conduit en réalité,
Du pas quotidien de la vie ordinaire,
A la spiritualité.

18 € – 176 pages – Isbn 2-35027-032-7

Editions Amalthée
www.editions-amalthee.com

Laurence NOYER

Paroles en l'air

Poésie

Laurence Noyer est tiraillée entre les antipodiques désirs de reconnaissance et de confidentialité.

"J'aimerais, avoue-t-elle, me faire remarquer sans me faire connaître, et me faire connaître sans me faire remarquer".

Le tiroir intime s'est entrouvert, oh ! si peu, et tout aussitôt s'en sont échappées ces "paroles en l'air" qui donnent "l'impression de vivre entre les lignes".

De cet univers à feuilleter en tous sens – y compris en diagonale – il naît peu à peu une atmosphère entre chien et loup. Consultez donc l'humeur de vos zygomatiques pour séparer l'émotion du sourire.

Et lorsque "le miroir me renvoie mon image en pleine figure" cet humour-là n'égratigne que son auteur.

"Allez les mots, dites-moi quelque chose" la muse souffle où elle veut et la poésie "même si ça ne rime à rien" s'éparpille à toute page comme l'espoir d'une caresse.

Laissez-vous donc "bouleversifier" et après avoir lu, vous pourrez refermer le recueil "Comme on refait son lit après avoir bien dormi".

M.B.

6 € – 40 pages – Isbn 2-35027-094-7

Editions Amalthée
www.editions-amalthee.com

Anita SMIRO

Les Bohémiens

Nouvelles

“Les gens du voyage, depuis leur enfance, ont conservé en eux-mêmes la nostalgie et le goût de s'aventurer aux quatre coins du monde...

Les forains appartiennent à ce peuple. Ils séjournent dans les villes ou les villages pour y distraire les enfants ou adultes qui s'émerveillent devant les attractions que leur offrent les clowns, les animaux sauvages ou domestiques particulièrement dressés pour exécuter des sauts, des pirouettes et apprendre à tenir en équilibre...”

Les Bohémiens est rempli de personnages et d'animaux de cirque imaginaires qui vivent des aventures amusantes et sont sous l'emprise d'un forain autoritaire.

Dans cette vie de Bohème, il existe un mystère...

7 € – 40 pages – Isbn 2-35027-053-X

Editions Amalthée
www.editions-amalthee.com

Richard GEHENOT

Errements

Nouvelles

Vous allez entrer dans un univers unique. Vous ne pourrez pas ressortir sans en connaître la fin. Vous errerez dans un monde familier et intemporel. Votre imagination parcourra les chemins du mythique. Errements va vous faire découvrir le vrai sens du mot méditer. Toutes sortes de thèmes sont abordés : amour, haine, pouvoir… Régalez-vous simplement en vous plongeant dans cette aventure intérieure. Vous découvrirez d'autres réflexions sur votre vie passé, présent et futur.

18,50 € – 258 pages – Isbn 2-35027-083-1

Editions Amalthée
www.editions-amalthee.com

Michel BOUILLON

Parlez-moi d'Amours

Nouvelles

Ni grande, ni petite, ni blonde, ni brune, sans âge, pas grosse, pas maigre, aussi uniforme qu'une fourmi dans une fourmilière. Rien ne la distinguait, neutre, passe partout, insaisissable, elle était présente, sans encombrer personne. Je ne savais rien d'elle, elle parlait peu, un perpétuel sourire illuminait son visage. Elle approuvait, désapprouvait, ironique ou pincée, dans un mutisme observateur.

Tout cela jusqu'au jour où mes yeux découvrirent les siens.

Au fond de son regard brillait une lumière, j'étais ébloui. Je n'étais plus moi même, seulement amoureux, affolé de désir, esclave s'il le faut de cette femme unique.

Comprenant mon émoi, troublée elle-même, elle cessa de sourire pour me tendre ses lèvres.

12,50 € – 146 pages – Isbn 2-35027-054-8

Editions Amalthée
www.editions-amalthee.com

Imprimé en France
ISBN 2-35027-289-3
Dépôt légal : 1er trimestre 2006